不埋沒一本好書，不錯過一個愛書人

七樓書店

女司机故事集

大望路女司机 著

江苏凤凰文艺出版社
JIANGSU PHOENIX LITERATURE AND ART PUBLISHING, LTD

倾听角落里的声音（代序）

这本书写于2017年至2018年，这一年里我曾被黑暗吞噬，后来又被拽了出来。暗里的光来自很多人，于是这些人组成了这本书。

2017年，我在北京的一家互联网公司做运营，业余时间偶尔去拉顺风车。起初只是为了满足对每个平凡人的好奇心，以及克服我的社交恐惧。到了后来，我遇到了很多有意思的人和故事。

于是，我用“大望路女司机”的笔名，在“简书”上开始连载，在那些阴暗不定的夜里，用文字重现乘客们的故事。

对，就是这本书《女司机故事集》。

《女司机故事集》里的人都生活在北京，他们虽然来自五湖四海，但都和北京发生着隐秘而深刻的关系。这些关系很难用片面的语言描述，正如我们的内心秩序总是难以确定。

城市由人构成，城市里的人有不同的命运。在北京生活，有的人看重她的包容，有的人喜欢她的多元，我热爱的是这里的想象力。它时而友善可爱，时而活力四射，也时而充满未知神秘。在这座城里，一切都合理，她是很多人的藏身之处。

倾听这些乘客的故事，我渐渐发现，在我们的生活里，人们常关注主流人群的焦虑，却很少去听角落里边缘人的伤痛。所以这本书里，边缘人的比重不小，有抑郁症患者、艾滋病患者，也有濒死体验师、小三劝退师。故事里写生活的苦痛，也写人物内心的悲凉。但那些看上去苦痛或悲凉的文字，其实蕴藏着巨大的能量，它给了我面对苦痛与悲凉的勇气。

也希望能给读者勇气。

我们不得不承认，人常常被概念化和模式化，看到太多的他人而看不到自己，这就是偏见。更可怕的是，人们常把偏见当成原则，把愚昧当成自己的德行。

《女司机故事集》用平静而不掺杂偏见的叙述，为边缘人发声。当你不带任何预设地去读这些故事，你就会发现，那些所谓的“边缘人”，其实只是因为我们看不到他们生活的其他断面。一旦我们回到故事的原点，去还原、放大生活的真相，我们就会明白：每个人的人生，都是自成因果，同样的因，换成是谁，或许都难逃“被边缘”的果。于是，对于他们，对于这世间很多我们之前难以理解的人和事，我们都会生出一份悲悯。这是我写作的初衷。

对于故事的呈现方式，我采取“七分写实、三分发挥”，一方面是为了保护当事人的隐私，一方面也是试图给读者更好的阅读体验。

世界不是非黑即白，它是深浅不一的灰色，人心的善与恶都是相通的。只希望每个人都明白：我们都插手不了别人的人生，我们能做的，只有善良。

我是大望路女司机，一个普通人，正在认识世界。

上车，下车，车从一个地方到另一个地方，乘客从一个人到另一个人。有的人下了车，再无交集，有的人在我的故事里流传，给人力量和温暖。

如果你是角落里的人，不要因为自己的与众不同而感到害怕。要让自己发光，点亮自己。

最后，感谢“简书”，感谢中国图书网，感谢副驾，感谢所有喜欢“女司机”的读者，以及一路支持我的朋友和家人，是你们点亮了我，也希望这本书，能点亮更多的人。

大望路女司机
2019年6月

目录

Contents

恭喜你，茫茫人海，刚好打到我的车。

没时间解释了，快上车！

临终关怀师

天不老，情难绝。

——张先《千秋岁·数声鶗鴂》

周六，我开车去北医三院做体检，回去的路上接了一个顺风车。

“当当当……”有人敲我的副驾车窗，我一抬头，看到一个白发苍苍的老爷爷。

很难想象一个年过古稀的老人还会用顺风车，我快速将他打量了一番。

他上身穿白色短袖衬衫，银色无框眼镜下，目光深邃，炯炯有神；腰板挺得很直，衬衫的左边是两枚金光闪闪的军功勋章；虽然皱纹已经爬满了额头，老年斑也随处可见，笑起来却有两个很好看的酒窝。

一路上，这位姓陈的爷爷给我讲了他和大红的故事，我听得几度哽咽。

我想说：“人会老，会死，但爱情不会。”

1

“病人6月7日住院，发烧39度，高低烧交替，用了泰能、马斯平等抗生素，血常规三系指标不太好。”

“病人6月20日血小板掉到18，期间骨髓穿刺两次，发现嗜血细胞，通知我们嗜血细胞综合征确诊。”

“病人现在的情况紧急并且极其复杂，用药方面很矛盾，使用化疗来控制噬血细胞可以改善血小板水平，但是免疫力下降会造成多处感染，不使用化疗则嗜血细胞综合征恶化。”

凌晨两点，漆黑的医生办公室里，主任医师王欣的桌子上有一个小小的光点，光点缓慢地从左移到右，并不时传来手指在纸上画横线的声音。

陈晓民左手拿着一个放大镜，右手拿着一支手电筒正在一字一顿地看老伴儿张红的病例，为了不漏掉一个字，他每读一个字，就按住一下，努力记住那些生涩的医学名词。

过了60岁以后，陈晓民发现自己渐渐看不清报纸上的小灰字了，有时候看久了，眼睛又酸又胀，还头疼。老伴儿张红给他买了这个放大镜，她知道这个倔强的老头儿肯定是不会戴老花镜的，要是给他配个老花镜，他一准儿一跺脚气得拍桌子：“拿走拿走！老人才戴老花镜，我没老！”

陈晓民一直不服老。他是中华人民共和国成立前的老兵，年轻时参加过解放战争、抗美援朝战争。他是重机枪手，负责在步兵冲锋时提供火力掩护，14岁参军，15岁就能熟练操作马克沁重机枪——那可是当时中国陆军火力最猛的武器。用他自己的话来说，他这一辈子出生入死，天不怕地不怕，而唯独这一次，面对老伴儿张红突发的病，他怕了。

他弯着腰，踮着脚小心翼翼推了下医生办公室的门，露出一条小缝，探出头观察走廊是否有行人，确定没人后，他赶忙从门缝里钻出来。

刚迈开两步，他立马挺直腰背，若无其事地往老伴儿的病房走去。看了这详细的病例，他心里有了个数，脑子里反复回旋着“嗜血细胞综合征”这几个字，一路走一路想，时而摇摇头，时而又点点头。

前不久，在儿子的安排下，陈晓民和张红去泰国溜达了一圈儿。结婚65年，这是两个人第一次出国。

刚回来第二天晚上，两人在小区遛弯儿，张红走着走着突然就上不来气。接着几天，张红开始吃不下饭，喝不下水，做梦也净说胡话。陈晓民看在眼里，急在心里。那天晚上，他不敢睡觉，隔半小时就给张红测体温，刚开始37度，后来连续测了两次都是39度，一会儿低烧，一会儿高烧。一直到凌晨两点多，当他在灯管底下费力地看到水银柱到了40的时候，一个激灵赶紧下床给儿子打了电话。

6月7日住院，转眼已经大半个月了，张红没有醒过，只有一次蒙眬地睁开眼，陈晓民赶紧把耳朵凑到她嘴边，她呜咽了两句，眼皮又耷拉下来。她问儿子啥情况，儿子说就是感冒发烧，养几天就能回去。

但眼看着每天又多出好几瓶药，医生、护士每天查房好几次，陈晓民心里更急了，他决定自己去医生那里看一看病历。

“病人现在的情况紧急并且极其复杂……”明眼人一看这份病历，大概就能知道意味着什么。陈晓民想，老伴儿可能已时日不多……

如果换成别人，这个道理陈晓民都懂，可偏偏这个人是张红。他不懂，或许也不愿意懂。

走到病房门口，抓住拉手，正要往下压，他从窗户里看到张红的脸。此时，她睡得好一些了。在打上杜冷丁之前，她浑身抽搐，四肢硬得就像冻上了一样，嘴往右歪，眼睛向上斜，大小便也失禁了。那个活泼开朗、一生都有洁癖的老伴儿，如今，躺在床上，瘦骨嶙峋，形容枯槁，整个人都没了生气。

陈晓民想起生病的前夜，张红还在念叨他为什么上完厕所不冲，为什么酱油打开盖子没盖，把肥皂碰到了地上不捡起来……念念叨叨。她念叨了一辈子，如今却再也无法说话了。

为了插管，她的喉咙被切开。她意识偶尔清楚的时候，也只能用摇头和点头来表达她的想法。从喉咙被切开的那一天开始，陈晓民再也听不到张红特有的江南水乡柔暖的声音了。那如清泉入口、清风拂叶、指绕青丝的声音伴随他入眠60多年，他常在她的念叨中渐渐入睡，内心出奇地安稳。

2

1950年。

4月30日，中国颁布第一部婚姻法——《中华人民共和国婚姻法》。

10月19日，中国人民志愿军跨过鸭绿江，开赴朝鲜，参加抗美援朝战役。

参战前夜，陈晓民18岁，娶了来自南方的16岁的张红，人唤大红。

陈家穷，只有一处草房，为了结婚爹妈凑钱买了辆自行车，包了20块钱算是彩礼，陈晓民骑着自行车把大红接回了家，家里来了几个亲朋好友，喝了点小酒，这婚就算结完了。

新房土炕上，昏黄的小油灯发出暖光。红褐色四角桌上，一盘瓜子，一盘喜糖，一盘还冒着热气的饺子，两杯自酿的高粱酒。张红娇羞地坐在桌子一角，身上还斜系着拜堂时的大红花。陈晓民第二次仔细端详眼前这个姑娘，她眉梢眼角都秀气，声音笑貌都温柔。他忍不住咧嘴傻笑，大红眼睑慢慢抬起来，正对上了陈晓民弯成了月牙的眼。

东北冬日的夜，格外寒冷，几声远处的狼嗥回荡在山谷之间。新房灯光渐暗，月光洒进冬日的窗内，一片银白，照得两个人的脸红扑扑。

第二天一早，陈晓民就要去参加抗美援朝战争了。大红在村口送他，陈晓民看着她亮闪闪的大眼睛，轻轻地抱住了她，然后把兜里的《结婚证书》掏出来，把男方的一页撕下来叠好揣兜里，剩下的交给了大红。

“夫妇有互敬、互爱、互相帮助、互相扶养、和睦团结、劳动生产、哺育子女、为家庭幸福和社会建设而共同奋斗的义务。”大红看着《结婚证书》后边的字发呆，对于16岁的她而言，还没想过家庭，她只知道，这个人将来要和自己一个枕头睡一辈子。

陈晓民背着包往车上走，大红追上去，递给他一个褐色的小包。他打开小包，里边是两撮用红线绑好的头发，还有一张纸条：

> 侬既剪云鬓，郎亦分丝发；觅向无人处，绾作同心结。

陈晓民泪水涟涟。

3

从6月21日凌晨一点三十五分开始，大红的心率到了每分钟160次上下，随后开始急剧下降。陈晓民看着数字一点点往下跌，心也跟着往下坠。他边手指颤抖地按急救铃，边拉开门冲着走廊大喊："救命啊大夫，救命啊！"

医生开始忙活，心肺复苏，打强心剂。他在门口看着，这个平日里硬朗的女人，被电击得整个人都从床上腾空起来。

她已经瘦得不成人形，浑身插满了管子，像一个被虐待的布娃娃。

"不然咱不看了吧。"陈晓民眼眶里都是泪，跟坐在门口的儿子说。

儿子咽了下口水，说："爸，你决定了吗？"

因为张红的病，儿子在医院已经花了30多万，能借的都借了，他已经不知道再去哪里找钱了。

“你跟我唠点实在的，你妈这病到底有没有治？”陈晓民拖着僵硬的双腿坐到儿子旁边。

“医生说，基本治不了了。现在就是在延续妈的生命。”

“延续生命是啥意思？就是这么拖着多活个几年是吗？”陈晓民咬紧牙，心跳得很快。

“不是几年，医生说现在情况比较危急，可能就是几个月的事儿。”

陈晓民噌地从座位上弹起来：“几个月的事儿？咱们在这里花这么多钱，不是为了让你妈好了，和原来一样吗？难不成是在这里等死呢？”他想到了老伴儿会瘫痪，会不能自理，会成为植物人，但唯独没想过，会死。

他脑袋里好像进了一只苍蝇，嗡嗡地叫个不停，整个人想往后仰，后脑特别重。他用手使劲敲了敲头，努力缓过神儿。

凌晨两点半，他擦了擦眼角的泪。按下病房的门把手，抓住拉手，他缓慢地挪步走到大红床边。

大红又一次在死亡边界被抢救过来，她似乎恢复了一些意识，努力地睁大眼睛，死死地盯着陈晓民，近乎请求地想要表达什么。

陈晓民眼里噙着泪，从兜里掏出了他的老年手机，把手写笔放到了大红的手心里。然而大红的手已经没有力气，连抬都抬不起来。

她又合上眼，虽然是轻轻的，却似乎用了所有的力气，轻轻地摆了摆头。

她是不是要告诉自己她想放弃了？陈晓民开始思考，人活着，是能活多久重要，还是生命的尊严重要？如果自己现在是大红，会愿意为了维持生命体征忍受痛苦，这么艰难地活着吗？

大红生前是那么爱干净的人，现在连大小便也无法控制。由于躺得时间太长，身上起了一片片的红斑，她那么爱美的人，心里是不是很绝望？

大红躺在白色的病床上，被呼吸器紧紧地罩着，被管子横七竖八地插着，被四面八方的液体灌满，眼角流出了细细的两行泪。

这种活着的痛苦是不是比死了还难受？陈晓民想着，眼泪往下簌簌地掉，掉在了张红满是针眼的手臂上。他感到心疼，他觉得张红这一辈子承受的痛苦，都没有生病的这半个月多。

4

“医生，我们不治了。”小儿子跟查房的医生说。

医生抬眼问：“你确定吗？你说的算吗？你敢做这个决定吗？”

连续三个问题让他很是尴尬。就像要送自己的妈妈去死一样，他张不开嘴。

传统观念里，做儿女的让生病的父母死在家里就是不负责，而在医院却理所应当。

陈晓民的心到了嗓子眼儿：“对，确定。”

“好的，那你们家属一会儿过来签个字。”医生低下头翻了翻病历本。

签完字以后，呼吸机、监测仪、穿刺包、输液瓶、引流袋、吸痰管等维持张红生命体征的设备都被护士撤下。

陈晓民握住张红青筋暴露的手，轻轻地说："我带你回家了。"

张红去世一个月后，陈晓民成了一家社区医院的一名临终关怀师。这里的病人多数是已经在医学上被判了死刑的人，医院的治疗并不能延长他们的生命，这种舒缓治疗只是为了缓解病人的疼痛，让他们在人生的最后一程走得舒服一点。

陈晓民在这里和老人聊天，晒太阳。他是这里最老的志愿者，送走过3岁的孩子，也送走过100多岁的老人。

他的一天从清晨的六点开始，他要给5个病人擦身体、换尿片、喂饭、送水。所有工作他都驾轻就熟，这是照顾老伴儿大红时积累的经验。

为了防止卧床的病人长褥疮，他经常凌晨三点起来给病人翻身。

年纪小的护工都说自己不如他，不如他能吃苦，不如他不怕脏累，不如他想得开。小护士问他："爷爷，你怎么每天能起那么早啊？"陈晓民总是憨憨一笑："跟老婆子早起了一辈子，觉少。"

空了的时候，陈晓民会在院子里看着常青藤发呆，长长的藤蔓向下延伸，新冒出的嫩芽是浅绿色的，中间还透着粉红。老式磁带机里放着邓丽君的《我只在乎你》，那是大红最爱听的歌。

在临终关怀医院久了，陈晓民看着一个个生命离去，他并没有觉得麻木。他反而更加珍惜活着的时光，因为活着，在这个世界，他就依然保存着和大红的记忆，没人能夺得走。

中国人总说好死不如赖活着，无论怎么活，都比死了要好。所以人们总是习惯规划生，却从不规划死。而我们也都知道，生命的本质就是走向死亡，谁都无法避免。

陈晓民之所以来做一名临终关怀师，是因为一张纸条。

大红过世后，他在书房里发现了张红写的一张字条：

如果我得了不治之症，让我平和地离开，不要抢救我。

陈晓民鼻子一酸，他想起大红住院的前两天，曾在书房里写字。

“陈爷爷，您想老伴儿吗？”我拉开车窗，胸还是闷闷的。

“想，有时候太想了，想得我一把老骨头都受不住了。她一直活在我心里。我想，她其实是天上下凡的仙女，路过人间帮我渡劫，现在时间到了，回去了，我也不必等了，她不会回来了。”

“您和老伴儿最快乐的日子是什么时候啊？”

“每一天。”

在另一维的世界里寻找你的蛛丝马迹

地狱里空空荡荡，魔鬼都在人间。

——莎士比亚《暴风雨》

我在微信后台看到昵称是“缺氧”的女孩的留言，她问我：“司机，你知道濒死是一种怎样的体验吗？”

后来她约了我的顺风车，给我讲述了一个关于爱的故事。

我至今还记得，第一次见她时的样子。

她脸红通通的，穿蓝色背带裙，手上戴着一个五彩的手链，她说那是五彩绳，也叫五彩丝，系在胳膊上可以消灾祛病，那是她爱的人亲手给她编的。

1

嗯。其实这是一封信。但是我不想写称呼，因为你在我心里脑子里已经念过千千万万遍，我只要一睁眼，马上冒出来的就是你的脸，要什么称呼呢？

现在，你的名字已经在我们的户口本上消失了，那个印着你不好看照片的身份证也被带去了公安局，银行卡、护照这些也早就没有用了。好了，证明你身份的东西都没了。你唯独丢在这个世界上的，是我对你无尽的思念。

直到现在，6个月零10天后的十点零一分。

我才真正意识到，你真的已经离开了。我甚至已经不记得了，原来冰箱里还有半瓶没喝完的雪花啤酒，窗台上还有一株几个月都没浇过水的仙人球，微波炉里传来的阵阵哔哔声是提示我昨晚没吃完的蛋炒饭。

手机响了，我放下游戏手柄，点了Exit。

“姑娘，玩玩吧！”

“多少钱？”

“1000块！”

“爽吗？刺激吗？”

“贼刺激，贼快乐！”

“行！那一会儿十点半见！”

我清空了手机里所有的照片，关闭了微信朋友圈。我告诉你哦，我现在要去做一个非常厉害的事儿了！

2

你离开以后，我总在想，你去了哪里？

是在医院的新生婴儿房里吗？是刚刚吹过脸上的风吗？是落在地上的蒲公英吗？是雪碧刚打开冒出的气泡吗？

是春天刚刚抽出来的绿芽吗？还是那个已经在我窗口的枝头上叫嚷了一个夏天的知了？

窗户里飘进来泥土混杂着青草的味道。

小时候光看《聊斋志异》都吓得瑟瑟发抖，同桌爱听张震讲鬼故事，气得我和他绝交了。晚上我不敢上厕所，憋着等早上起床。对，我怕鬼，我从来都是个胆小鬼。

但是现在，我在每一个凌晨准时醒来，从零点到一点，他们说那是鬼魂出没的时间。我耐心地等你，目不转睛。

可是，怎么什么都看不到呢？鬼片里说那会儿会有很多鬼魂出没的呀，鬼呢？哪怕有别的鬼也行，让我知道这世界有鬼，让我知道你确实以另外一种方式存在着。

你太吝啬了，连多一眼都不愿意给我看了，更别提再说说话。唉，你能不能来找找我？

"大哥，我们这是去哪儿？"

"去通州北边的一个公园，老多人跑那里车震！"

"啊，那儿安全吗？"

"你问这事儿安全不安全，还是公园安全不安全？"

"都问。"

"警察查得不紧，就都安全！"

"成！"

十点二十三，北京仍然自顾自地下着雨，安安静静的。车子颠簸地开着，水汽爬上了车窗，我在副驾驶的位置上睡着了。

3

“来，手！”

我递过去了手和脚，绳子绕啊绕，有四五圈了吧，但是勒得不疼。现在我的手和脚都被结结实实地捆住了。

“再问一遍，你想清楚了是吧？”

“嗯，想得很清楚！”

“那接下来的4分钟里，你将体验一种比毒品和性高潮更爽更刺激的快感！”

大哥依然乐此不疲地推销他的产品，他的产品是“掐死你”，他的职业叫“濒死体验师”。

我不在乎快感，我只在乎能不能看到你。因为网上说了，人死之前可以看到你最重要的人。

你一定会问，我咋会认识这种人。说来话长哦，认识他的那一天，我在贴吧里开了个帖子，讲述我即将开始的第7次自杀。写完以后，我就站在了24层的楼顶。

我趴在护栏边上，已经迈出了一条腿。你的脸反反复复地折磨着我，我被吞进了一个又一个的深渊。零散的回忆总是匍匐在暗处，随时等待袭击我。

我想到你说的话，人不是因为消费了什么而变得高贵，而是因为创造了什么。

所以你从不买“香奶奶”也看不上“驴包”，那么高贵的你，除了和我创造记忆，还创造了什么？

生气哦！前天梦见了你，让我幸福了好几天。这几天梦不到你，我就只想自杀。

我在高楼上低头看，这条马路上人很少，掉下去不会撞死别人。我闭上眼睛，另一条腿也迈了出去。天啊，我终于要和这个世界告别了，唯一的担心是，走了以后，能不能遇到你。

在我25岁之前，我学习的都是方法和思维，管理和控制。25岁你离开以后，我开始看八卦，看易经，我想在另一维的世界里寻找你的蛛丝马迹。

很悲哀，虽然我都读到了博士，但是学校里从来没人教过我：如何和挚爱的人告别。

在死方面，我始终还是个小学生。

4

湿淋淋的雨拍打着车窗，风吹起来了。

大哥粗糙的手掌环住了我的脖子，手掌黝黑而宽阔，又硬又多的老茧贴得紧。

“那我开始了！”大哥蓄势待发。

“嗯！”我毅然决然。

纤细的脖子被捏成了一条，我的心跳越来越快，手心也冒出了汗，一大片的鸡皮疙瘩正从头爬到脚。

“咳！咳！”干呕的声音从我的喉咙，透过微小的间隙往外喷。然后我开始颤抖，被绑住的手和脚挣扎了几下就没了力气。

车厢里氤氲着温热的水汽，绕着我冰凉的鼻尖。涨红憋紫的脸让我闭不上眼，我知道的，我就快融进这无边的黑夜里了。

这一刻，我想，这真的到了生命的终点。但是，我没看到你，却看到了我自己。

那时候我13岁，初一。烦恼只有两个，不想去的学校和玩不够的游戏。想不到我和世界能有什么联系，所以无忧无虑。

我正在电脑桌前玩LOL。妈妈摇着扇子给我送风，她右手拍着我的头："你怎么一下子就要上高中了，上了高中上大学，然后就结婚生孩子去了。再多也就只能养你10年，妈妈还没养够你！"

我有点烦，明明马上"五杀"了，这会儿却只拿了四个人头。

后来是医院，爷爷已经不能动了，他躺在医院里，胳膊抬起来都费劲。他掏出床底下的尿盆准备自己解决，我走过去接过盆儿，说就搭把手的事儿，他气得眉毛鼻子都挤到了一起，一把夺过了他的尿盆。

爷爷消失了，然后又是一群人，都模模糊糊的，有穿着蓝白校服的初中同学，也有西装革履的男同事，还有拿着教鞭打我手的老师。我瞪大眼睛找，还是没看到你。怎么就找不到你的脸呢？

但是我脑子里有个熟悉的声音，那是你最爱说的一句话："我们去吃'呷哺'好不好！"

5

我迷迷糊糊，终于累了，全身都没了力气，软软的，我看到了五彩斑斓的画，钻进了一个安全的隧道。

隧道深处有光亮，那是你吧！

我拼命奔跑，身子很轻。

“嘿！嘿！嘿！”大哥在掐我人中，我被掐醒了。

我大口呼了几口气，声带咕噜咕噜，全身都是麻的。

“我死了吗？”我的衣服已经湿透了。

“我是濒死体验师，让你体验死的快感。但我不是谋杀犯，怎么会杀人？况且你这么年轻！”大哥擦了擦头上渗出的汗，密密的一层。

车窗外在打雷，没下雨。隔壁是一个黑色的别克，关着大灯，前玻璃和四个窗户都拉着布，车身摇摇晃晃，我感觉我听到了女人的呻吟。

我仔细看大哥的手，他的手关节很大，指甲剪得很短。

“干我们这行的不在少数，出事的也不在少数。这玩意儿体会多了，还上瘾。”

“男的多女的多？”

“都有。我也没少受伤。”大哥搂起他的胳膊，交错的疤痕和瘀青很显眼。

“你看到你想要看的人了吗？”

“没有。我看到了一只兔子。”我垂头丧气。

我不在乎快感不快感，我只想见到你，可是我还是什么都没看到。

但是我却有了一种彻悟的幻觉。

你走以后，你的工作，很快有新的人代替了。你的痛苦变成了别人口中的故事。纵然你死了，这个世界也没有变好，作恶的人还过着快乐的日子。你的死亡，从来没有惩罚谁，相反，变成了恶人们的坦然。

所以你谁也没惩罚，只惩罚了爱你的我。因为我脑子里每天都在跑着曾经的记忆，记忆灼着我的心，扎着我的眼。你看，我又忍不住流泪了。

雨还在下着，像厕所里的冲水声，那一定是你。也只有你，才会用盆里的洗脚水去冲厕所。那时候你总是责怪我，浪费水。

“还会去濒死的幻觉里找答案吗？”我问。

“你看。”她打开手机，给我看她微信的黑名单。

黑名单里有两个人，一个备注着“濒死体验师”。另一个备注着“我爱的人”。

凌晨四点的北京安定医院

如果你爱上了某个星球的一朵花，那么，只要在夜晚仰望星空，就会觉得漫天的繁星就像一朵朵盛开的花。

——圣埃克苏佩里《小王子》

这个故事的主人公是我的朋友，她做过很多次我的乘客，我也做过她很多次的司机。但这一次凌晨四点的故事，和之前每一次的都不一样。

那时候的李心甜不知道，这份恐惧要持续5年，甚至永远都挥之不去。

1

大年三十，凌晨四点，我的手机屏幕亮了，铃声把我从睡梦里一下子拽了出来。

“亲爱的，我快不行了。我可能需要去医院。”听筒那边，李心甜的声音很弱，嗞嗞啦啦。

我翻下床，来不及换鞋，裹了大衣便开车往她家去。

这是凌晨四点的北京，褪去了白日的喧嚣，街道空旷而安详。宽阔冷清的马路看不到边，整个城市看起来柔软而没有任何防备。

电台里在放李宗盛的歌：

恨意在夜里翻墙，是空空荡荡，却嗡嗡作响。谁在你心里放冷枪，旧爱的誓言，像极了一个巴掌，每当你记起一句，就挨一个耳光。

凌晨四点，很多人还在熟睡，很多人也提前醒来。对于抑郁症患者来讲，早醒两三个小时还算好的，怕的是彻夜难眠。

李心甜，我小学、初中、高中同学，认识15年，是挚友也是亲人。2012年9月，她第一次被确诊为重度抑郁症。2017年9月，她第二次住院，治疗了5个月，2018年1月4日刚出院。

我和李心甜的家，距离4.75公里，我精确地记过。这对于偌大的北京来讲，太微不足道。油门踩到了80迈，这4.75公里却像是一个黑洞，无论如何横冲直撞，都到不了尽头。

这个路口后是下一个路口，下一个路口后是又一个路口。正像深陷抑郁一样，伤痛之外还是伤痛，痛苦之后还有痛苦。

2

小卧室不足20平方米，有一扇窗户，窗帘厚，拉得紧，阳光进不来。李心甜妈妈做的红色缎子面的被子上绣着一对绿色的鸳鸯。被子团成一坨堆在墙角。

三年间，这是李心甜和她前男友陈亮居住的地方，爱情故事在这里发生，也在这里结束。如今，只剩下她，和她无法自拔的抑郁情绪。

一路看她的爱情，我开始明白，爱是一个人可以完成的事，而爱情却必须要两个人。比如我爱你，而你却不爱我了，那么爱情当然也就没了。

我打开灯，桌上、床上、地上都是血。这是我第三次看到这样的场景，心像挂着一块石头快速地往下坠，眼泪已到了眼角。

六个月前，李心甜用买来的针管疯狂地抽自己的血。四个月前，李心甜吃了100多片安眠药。现在，她纤细白嫩的胳膊上又多了十几道横七竖八的刀痕。

我努力咽下口水，把所有的情绪都噎到嗓子眼儿里。

她安静地蜷缩在地上，只穿了一件轻薄的大号衬衫。药片零散地洒在地上，陶瓷杯子的碎片在她手臂下闪着清冷的光。

小心翼翼地给她套衣服，穿鞋子，马尾辫扎起来。

我弓着腰，一把背起了她。一米六二的她，如今不到70斤。我眼泪在眼圈里转着，忍不住流了出来。

打开副驾的车门，给她系好安全带，拉锁拉到了最上边。她歪着头靠着窗户，脸惨白，瘦小的身体蜷缩在一起，瑟瑟发抖。

刚过一个红绿灯，对面来的车开了远光灯，我眼睛一晃，踩了下刹车。车子向前冲了一下，“啊！”心甜哭着大叫，她开始撕扯安全带，一直哭，一直哭。“活着太痛苦了，人为什么要活着呀，为什么啊？我真的好想死啊！”

我慌忙把双闪打开，又确认中控锁已经锁好了副驾的车门，继续往北京安定医院开。

我不时地侧转头看她，“心甜，心甜。你还有哪里不舒服？能告诉我今天怎么了吗？有什么不开心的事儿吗？”

我心里小心翼翼，嘴上颤颤巍巍。我很怕，怕说错什么刺激到她。更怕，她就会这样真的消失在我的时间里。

她低着头，不说话，眼泪无声地掉。她眉毛紧蹙着，嘴唇向下咧着，眼泪和鼻涕往嘴里滚，没有任何声音，像黑白默片里的人。

“心甜，我们去医院处理下伤口啊。没事的，你别害怕，我陪着你呢。”我右手摸到她握紧拳头的左手，那手青筋凸起，交错扭曲着盘在一起，在夜色的陪衬下，是紫黑色的。她两眼通红，脸上布满了绝望。

风声拍打着车窗，细细地尖叫。雨声潺潺，从挡风玻璃的一头滑到另一头。

3

到了安定医院，我停好车。“急诊”两个红色的字闪着幽幽的光。我扶着她推开门，眼前一片凌乱。

一个男孩，双手背在背后，手腕被绳子紧紧地绑住。麻绳绑了很多圈，他的手腕已经被勒出两道鲜红的印子，很扎眼。

他躺在地上翻滚着："滚！都滚！滚远点儿！"他边说，边用力向四周踢，左脚的鞋子松松垮垮地挂在脚上。

旁边半蹲着一个中年男人，他头发蓬乱，面如土色，右手牢牢攥住男孩的上衣领子，大声地呵斥道："我告诉你，别给我丢人了，听见没有！我跟你真是丢不起这个人了啊！"

我听得出来，那责骂声里也有哭腔。

咨询台前，是一个蹲在地上哭的女孩，她在打电话，嗓子哑着："怎么办啊，我们到医院了，但是没有床位了。"

"快控制一下，这样不行啊。"一旁的保安拍着腿，一脸为难。

即便是大年三十，病是不会放假的。

挂了号，我扶着李心甜进了急诊室，医生开始处理伤口。

突然一个穿着条纹病号服的男孩没敲门就窜进了医生办公室，大声地一字一顿地指着门上的字念着："急——诊——室，医生赵……赵……"

他看不清，又直接凑到办公桌的桌牌上，眼睛眯着："赵……赵成。"他话音未落，两个年轻的护士进了门，把他拖到了门外。

这是大年三十，对安定医院来说，却是一个很寻常的日子。凌晨四点，是北京这个城市放下戒备的时候，也是人最脆弱的时候。

"李心甜，27岁。情绪差，失眠，焦虑，重度抑郁，反复发病。曾服药、抽血自杀，左手腕有明显伤痕。防藏药，防外走，防冲动，防爬窗。”我翻着李心甜的病历，已经厚厚地写满了一本。

这个病历放在她的包里。除了病历，包里还放着一本赛安慈的《还我本来面目》，书的封面上赫然写着：“如何接纳自我和欣赏生命。献给天性敏感的人。”

李心甜，从来都是个没脾气的人。大眼睛，瓜子脸，皮肤白，笑起来有酒窝。她是个很好看的姑娘，长得没有任何攻击性，很多人说她像刘亦菲，从里到外都是仙仙的感觉，很友善，很平和。

她说话从来都是带着笑，以至于身边的人从来不会把她和“抑郁”这个词联系在一起。也是到了后来，我才从医生那里知道，原来她的抑郁类型是“微笑型抑郁”，这是少部分抑郁症患者的症状。

微笑型抑郁症患者，他们在别人面前面带微笑，若无其事，有的甚至表现得很有幽默感。但在微笑背后，他们觉得极度痛苦、压抑、忧愁和悲伤，甚至是充满了绝望。他们不会像一般抑郁症患者那样时常表现得闷闷不乐、情绪低落，很难被察觉。所以当微笑型抑郁症患者有自杀倾向时，朋友和家人都会很震惊。

确实，我很震惊。我还清楚地记得第一次送她去医院的情景。

那是2012年，我收到她一条短信：“能掌握死亡，让我觉得是一件好事。宝贝，请帮我亲吻以后每一天的太阳。”

我浑身颤抖地往她家赶，刚到小区楼下，就看到救护车停在楼下，她戴着氧气罩，正被担架抬出来。

上了救护车，我看到了浑身是血的她。白色的裙子上到处都是血，手臂上布满了大大小小的针眼。

医生说，她在家里用针管抽自己的血，正好被去收房租的房东发现，打了急救电话。

我哭得很厉害，我不解，我困惑，一个如此漂亮、开朗、明媚，社交能力也很不错女孩，怎么会得了抑郁症？

是的。李心甜就是这样的姑娘，她从小到大，就独自一人，用开朗和明媚照顾着所有人的情绪。终于这一天，她开始囿于自己的情绪。

4

就是在一个普通的再普通不过的清晨，李心甜一觉醒来，她发现一切都变了，她突然觉得所有的东西都失去了意义。

她走出门，不会因为看到五颜六色的花朵感到美丽，不会因为香味扑鼻的美食馋涎欲滴，她开始进入了一种状态，觉得一切都那么的麻烦。

出门麻烦，接电话麻烦，吃饭麻烦，说话麻烦……于是不想吃饭，不想接电话，什么都不想干。当世界变成一种颜色，就是枯燥无味的。

她坐在窗口张望，楼下有依然在比比划划晨练的老人，依然有流浪猫蜷缩着窝在花坛边，依然有人在急匆匆地用手机扫码，打开一辆辆红色的、黄色的单车。

搁以往，她会一个起身，伸个懒腰，觉得新的一天又充满了活力。而现在，她感觉不到，也不想思考，然后，突然开始觉得自己没什么价值。

她回忆过去，都是痛苦。她看向未来，没有期待。

一个旋涡式的黑洞把她裹挟了进去，她被控制了，手脚都动弹不得，没有任何办法。

风声在窗外呼呼作响。她从高空坠落，掉入一个又一个不同的世界。世界的颜色不同，但没有一种是让人感到快乐的。

她开始感觉到害怕，但并不知道自己害怕些什么。

“活着太痛苦了。”

“你什么都不是，你根本不配活着，你这个废人！”

“这个世界太绝望了，不应该活着，不应该。”

这种念头在她脑海里闪着。然后她开始唱歌，唱小时候的歌。

大风车吱呀吱哟哟地转，这里的风景呀真好看，天好看，地好看，还有一起快乐的小伙伴。

嘴里唱着大风车，脑子里都是继母的模样。

那会儿她7岁，在洗澡。继母把滚烫的热水泼到她后背上，一阵灼热瞬间覆盖了整个后背，她哇哇哇地哭。继母抽她嘴巴：“憋回去！不准跟你爸说！”

李心甜感到，头剧烈地疼了起来。脑子里有很多人，前男友、继母、爸爸、妈妈、前领导……他们每个人都在嘲笑她，笑她活该。

前男友狰狞着脸："谁规定人一辈子只能爱一个人了？有法律条文吗？我怎么就不能变了，怎么就不能变了！"

爸爸妈妈纠缠在一起，她妈挠她爸的脸，她爸抽她妈嘴巴。继母在一旁拉架，一把推倒了妈妈，妈妈的头磕在桌子一角。

前领导拧着眉毛，翻着白眼："你妈死了啊，那你先得开个死亡证明。不然没法给你假，你怎么证明自己是真奔丧啊还是逃避工作啊！"

家暴，辱骂，争吵，嘲讽……所有的回忆疯狂地占据她的大脑，她沮丧，她痛苦，她绝望。

她拿起一个塑料袋，绕着塑料袋口和脖子缠上几层厚厚的宽胶带，她脸憋得通红，跌倒在地上。又忍不住挠破了塑料袋。第一次自杀失败。

"活着太痛苦了。你什么都不是，你根本不配活着，你这个废人！"这个念头不断地出现，她就不停地唱小时候的儿歌。

接受治疗以后，她开始按照医生教她的，跟自己重复：

> 没关系，我爱我自己，我的朋友需要我，我的爱人需要我，都会熬过去的，我不能死。

风和日暖，却有人不愿意活下去。

5

2010年，李心甜母亲过世。2011年，父亲过世。2012年，三年的爱情终结。

在经历了一系列的震荡之后，她依然是朋友眼中坚强的人，看着毫无波澜，安然无恙。

分手后，她很快又遇到一个很好的男孩，开始了新的恋情。

一切看上去又要重新开始的时候，一种东西横冲直撞冲进了她的身体，并且开始渗透到她的每个角落，直到她彻底无法动弹，彻底走不出来。

她开始睡不着了，她用力地闭眼、打哈欠，对普通人而言最简单的睡觉，对她来说，开始变成了安慰一旁搂着自己的男孩。

她觉得她正在缓慢地死亡，一点一点地。

我在医生办公室门口走来走去，往事在脑子里横七竖八。

终于，李心甜走出来了。她手臂上打着止血绷带，医生跟在后面。她突然回头说："医生，给我做无抽吧。"她的嘴唇苍白，几道裂口上都是血红色。

无抽，就是无抽搐电休克治疗，是目前抑郁症治疗最有效的方法之一。

抑郁症患者大脑内的神经递质之一"5-羟色胺"少于正常人。"无抽"相当于把大脑内神经递质的分泌"格式化"，重新启动的神经递质代谢，让"5-羟色胺"等各种神经递质的水平恢复到正常状态。

李心甜躺在床上，她已经被麻醉了。两片金属电极固定在她光洁的额头上，然后通电6秒钟。无抽会带来短暂的失忆，记忆会在几天后慢慢恢复过来。这对于此刻的意义就是，她自杀的念头可以减轻了。

我的四根手指被她抓得紧紧的，很快红成了一片。

第二天一早，我办了各种手续。李心甜住院了，隔着一小块细条的窗户，她在里面对我做鬼脸。

医生说，还是要住院观察一段时间，正好有人出院，有空余的床位。

我怯怯地问："医生，我朋友这次大概要住多久？这次可以痊愈吗？"

医生陈玲推了推眼镜，盖上了李心甜的病历本。"还要看情况。抑郁症80%都是可以治愈的，只是很少有人正视这个问题，就诊和重视的少。你得相信你朋友，她会康复的。"

我用力地点头，从小细条的病房窗户里往里看。

抑郁症患者的病房大门一直是锁着的，只有医院的人才能打开。

这里的抑郁症患者的病房门都没有锁，患者全部开着门睡觉，护士每半小时就要查一次房，检查每个人的睡眠状态。

吃了药的李心甜，可以睡上三个小时，四点醒来，然后看着天慢慢变亮。

第一次住院，她是抗拒的，她仰着头喝水吃药，却把药黏在了牙床上。她假装咽下了药，却把药片藏在了指甲缝里。她也吞过牙刷，一心寻死。她临床的女孩更极端，居然把病服脱下来挂在洗手间的横梁上寻死。

这一次住院，她平静了很多。

临走，她过来和我拥抱，在我耳边信心满满地说："这一次，我一定好好配合治疗。"

我用力地点头。听到窗外传来阵阵电台的声音："我想和你走在夕阳里，看大街小巷，不着急回家，就漫无目的地溜达。"

"你别告诉周书凯我住院了，他不知道我得了抑郁症。我跟他说我回老家了，我自己会好起来的，好好配合治疗，然后继续和他在一起。我爱他。"她发微信跟我说。

周书凯，是她现在的男朋友，交往了两个月。

女人都是爱情的信徒，而这个教主很多时候却是那么的脆弱。

6

小时候，家里人吓唬小孩，总说"你要再不听话，就给你送安定去，那里都是疯子"。那时的我不知道安定医院是什么，只知道疯子很可怕。

对于很多人来说，患上精神疾病就等同于疯子，这是羞耻的，难以启齿的。

患上了抑郁症的人不仅背负着精神的痛苦，还背负着社会歧视所带来的沉重负担。

抑郁会给人带来痛苦，但更可怕的是埋藏在传统价值观念里的偏见。

“每次去医院拿药，我打车都不敢写安定医院，我都写‘天音通信’。因为有一次我定位在安定医院，上车的时候司机就一直用奇怪的眼神看我，从后视镜里观察我在做什么。好像我是个怪人。”李心甜跟我说。

“天音通信”是安定医院对面的一座大厦，距离安定医院门诊只有一街之隔。

世界卫生组织发布数据说，到2030年，抑郁症将成为全球最大的健康问题之一。在我国，各类的情感障碍患者人数已经有9000万，无论是老人、孩子，贫穷的还是富裕的，平均15个中国人中就有一个抑郁症患者。

但是可悲的是，中国的抑郁症就诊率只有4%。90%以上的患者根本没有治疗。事实上，80%入院治疗的抑郁症患者都是可以完全治愈的，20%的患者接受治疗后不再复发。

抑郁症也叫“心灵感冒”“精神科感冒”，意思就是抑郁症太常见了，就跟感冒一样，每个人都可能在一生中某个时候患上抑郁症。但是，这比感冒严重得多，因为有很多抑郁症患者会出现自杀的想法，甚至15%的抑郁症患者会自杀而死。

所以，抑郁症是一种疾病，并不是矫情和心理承受能力很弱的弱者。当你的朋友、同事或者家人有抑郁的倾向，尽可能带他去医院，尽可能支持他，鼓励他，给他更多的爱。

而不是说“年纪轻轻的别那么矫情……谁还没有心情不好的时候，别小题大做”这类的话。你不知道的，你没经历过的，都别去轻易判断。

因为你并不知道，对方到底经历了什么。

别去轻易判断。因为你并不知道，对方到底经历了什么。这是作为一个抑郁症患者的朋友，我学到的东西。

我到家，周书凯给我发微信："我觉得心甜不太对劲儿。虽然每天看着开心，但是经常一个人坐着发呆。饭吃得少，睡也睡不好。半夜搂着她，摸她的脸上有眼泪。我去问了医生朋友说可能是抑郁症。我想带她去看看，但是你先别告诉她，等我回北京的，我跟她慢慢说。"

收到微信的时候，我眼睛很快湿润了。我脑海里浮现出李心甜走进病房时的身影，仿佛就在眼前。

这个路口后是下一个路口，下一个路口后是又一个路口。生命里总有困顿，但并不是没有尽头。比如，下个路口，就该，转弯了。

那个暗恋36次的人

世间安得双全法，不负如来不负卿。

——仓央嘉措

“司机，我有一块2003年9月17日生产的大大泡泡糖，是同桌在六年级的某个大课间买了分给我的。现在是2017年，我一直没拆。”他说着从口袋里掏出一个方形的彩色包装。

“那你好好保存，也许以后能升值。”我打趣说。

“可不咋的。”他用东北话回我，声音里却有一丝落寞。

他的故事，大概是我听过的故事里，第二深情的。

1

我不算是个浪漫的人，更不算是个有高远志向的人。和大多数人来北京言则梦想和奋斗不同，我来北京，只是为了清净。

北京，一个没人care你的城市。

你可以盖上棉被露宿街头乞讨，住在不足十平方米不见光照的地下室，和喜欢的同性牵手或接吻，在街上戴着耳机大声唱《荷塘月色》，拎着1块5的豆浆和1块钱一个的韭菜馅儿包子挤进前胸贴后背的13号线地铁，不用被催找对象，不需要会做菜洗衣服，不会因为COSPLAY被视为异类。

这里不缺踌躇满志的年轻人，也不缺垂头丧气的失意者。这是一个无论做什么都没人看你、不用别扭的地方，一个可以暂且把人间烟火放下，沉醉于内心辽阔的地方。

万人如海一身藏。北京是我的藏身之地。

来北京两年，我不愠不火地经营着一家粥店，我是老板兼熬粥师，达子是配送员。粥店坐落于北京最美乡村——高碑店村的一个居民楼下。清晨搓着珠子遛弯儿的大爷大妈会在我的店里吃早餐。

“小伙子啊，我家老头儿就爱吃你煮的这个皮蛋瘦肉粥，软乎儿，好嚼儿。”家住17号楼的李阿姨每天早上买粥都会跟我说这句话，日复一日，语气、停顿都从未变过。

后来一个星期二的上午，李阿姨像往常一样提着粥踏出门口后，平日爱遛鸟的张大爷对我说：“小李的老头儿早去世了，她得了那个老年痴呆，记不得了。天天以为老头去打仗了，每天把粥放屋里等老头儿回家吃。”张大爷年近80，牙齿已掉了大半，嚼东西时整个咬肌艰难地在布满皱纹的脸上滚动。

“人啊，活就活个年轻，老了啊，没意思。”他望着李阿姨快进单元门的背影，咂了咂嘴说。那时，我正在盛刚煮好的豆沙山药莲子粥。豆沙的香气和热气弥散而来，我眼角倏地湿润了。

2

我研究了十几种粥的做法，年复一年，洗米，熬粥，盛粥。在一些小细节里加入一点新的创意，比如甜粥里加点薄荷。我喜欢熬粥的感觉，锅间升起的腾腾暖汽，零散的米粒和食材，在一锅粥里得到了融合，相亲相爱，完美结合。因为合适的食材，恰到好处的时间，心领神会、互相了解的愉快交融，粥总能显得得体又永恒。

大概两个月前，春天刚要来，正好下午四点。路旁渐渐开起了早樱，一路粉红。店里开始每天都会有一个地址相同的外卖订单：每天都是一份南瓜甜米粥，除此以外什么都没有。通常是下午四点，有时候晚上九点左右，每天如此，从未间断。到了下午四点，手机便会准时响起：“您有新的外卖订单，请及时处理。”

店里的外卖订单不多，这个叫林一弦的，订单一如既往。我的外卖后台开始从中午十一点到晚上十一点，从不关闭，虽然达子提醒我，并不会有人晚上夜宵吃粥，但我还是不想关，我总是单纯地冒出这么一个念头：“万一她今天加班没吃晚饭呢？”

林一弦这个名字，让我无法联想她是个没有牙齿只能吃粥的老太太，我想到她可能是个骨瘦如柴的姑娘，因为长年的胃病只能靠喝粥度日，就像我一样。由于没有父母的照料，饥一顿饱一顿的青春期，让我在20岁时就患上了胃病。

好奇心让我想看看这个每天吃粥的姑娘到底长什么样。但我又喜欢这种无声的默契和不被打扰的期盼，这种来自每日订单里的陪伴。

直到这天晚上十点二十，达子和一直异地的女朋友开房去了，我又收到订单，这一次，我只能自己去送了。

林一弦的办公楼在通惠河对面，这个大厦禁止外卖人员进入，所以送外卖的只能提前打电话给对方，让她下楼来取。我提着一盒南瓜粥，攥着手机，手心微微渗汗，有些紧张，还有种莫名的仪式感。

“喂，你好。我是……‘风雨同粥’外卖，您的外卖到了，我在四惠大厦北门，麻烦您下来拿一下。”这个台词，我背了几遍，还是哆哆嗦嗦地才说出来。

“稍等，这就下去。”她的声音很轻，轻得仿佛一下子塞住了我的喉咙，让我瞬间失了声。

我挂了电话，站在河边，不由得出神。夜晚的通惠河波光粼粼。我在想她的样子。

“你好，是外卖吧？”一双会笑的眼睛扑闪着，声音轻轻地在我耳边响起。她居然在几个外卖配送员里准确地找到了我。

“啊，你好，你好。对，您的外卖！”

一张白皙的笑脸在我的瞳孔里放大。

那时候刚好起了风，路旁的杨柳树沙沙作响，风拂过她的脸颊，吹动前额蓬松的刘海，她低下头，纤细的手指从额间划过耳后，风离开她的长发，迎面吹来，一下就吹进了我的心里。

“谢谢啊！”朱唇微启，她接过粥，转身走进旋转门。

我望着白色风衣里的羸弱背影，突然有种爱上一个人的感觉。不是因为她面容姣好，而是因为那个瘦弱的背影。

3

趁着春天还没彻底结束，趁着春花还未败，我开着1998年的二手捷达，盘旋在四惠桥，第一次有了想做的事儿。

她的名字是林一弦，林一弦，林一弦，好听的名字。一弦一柱思华年。

我用她留的电话试图搜索她的微信，微信昵称：咸鱼，签名：一期一祈。

手指在添加好友的界面停了很久，食指点到“添加对方为好友”按钮，又紧张地缩回到嘴边，焦虑地咬起了手指。

“万一她有男朋友呢？这样是不是太冒昧？”我暗自思忖。打开微博，输入“咸鱼”后，找到1356个同名昵称，翻到第18页，找到了那个和微信同样名字和签名的她，悄悄点了“关注”。

她已经近半年没更新过微博，最近的一条是：“正在穿越一片迷雾一样的森林，有时候也听不到外面的人喊我，穿过黑之后，是另一片黑。”她正在经历如何的黑暗呢？分手？家庭变故？我一口气翻到了2013年的微博。

“毕业了，给未来自己的一句寄语：经常抬头，看看天。”2013年毕业，如果是23岁毕业，到现在2017年，她的年龄应该在27岁左右。嗯，可她看上去还像个刚毕业的学生，眉目清秀，巧笑倩兮。

4

根据外卖订单上的地址，我查到了她公司的名称。五一劳动节放假前两天，我盯着那个依然没有任何动静的微博出神。不知道她放假了没有，会有什么安排。达子吵嚷着要一起去青海自驾看油菜花，我却想，如果她加班没有饭吃怎么办？

达子在耳边喋喋不休时，我突然灵机一动，想到了一个办法。我假装是群发短信，给她发了条短信：“尊敬的风雨同粥用户，感谢长久以来对我店的支持，即将到来的五一小长假，不知各位公司是否会有加班安排，放假请回复N，加班请回复Y，我们将根据加班人数的多少决定本店假期是否营业。”

短信发出去，1分钟，5分钟，7分钟，10分钟，20分钟……没有回应。我熬着粥，手机放在锅边，无法专心。手机仿佛长了眼睛，不知道是我在监视它，还是它在监视我。屏幕一亮，淘宝推送。屏幕一亮，今日头条。我打开手机，关掉了所有消息推送。

离开厨房，想做点别的事转移注意力。于是打开书，从25页到45页，20分钟看掉了20页，却不知道里面说了什么。心被某一个空间隔离开，漂浮在上空，手机变成了定时炸弹。

下午四点半，短信声响起。像是炸弹瞬间引爆了卧室，我拿起手机远远地偷瞄，是一弦的短信——“Y”。

Y！是Y，她五一没有安排，她五一要加班，这样看她应该没有男朋友吧。我激动得一个踉跄，手机从手中滑落，滚到了茶几底下。我立马改了自己的微信昵称“风雨同粥”，点击了她的头像，加了好友。备注信息：“风雨同粥店员，点单可以直接微信喊我哦。”

她很快通过了好友验证。想着要不要主动说两句话，又不想显得太客套。我决定不说话，翻看她的朋友圈。只有一张和女性的合影，照片上她眼睛明亮，笑得很灿烂。应该没有男朋友吧，我在心里笃定地跟自己说。

五一假期终于到了，昨晚激动了一晚上的我，终于把编辑了几遍的微信发给了她：“今日需要点单的可以提前一小时直接微信下单哦。今日粥品：南瓜甜米粥。”隔了一个小时，她回复：“要一份南瓜粥，谢谢哈。”微笑表情。

我立马飞速地回复：“好的，半小时内送达。”

昨夜看她深夜发肚子疼的微博：“肚子疼得仿佛到了另一个次元。”女生肚子疼应该是生理期吧，熬好粥，我又熬了一杯红糖姜茶，裹了厚厚的三层保温膜。

站在河边，我心扑通扑通地跳。阳光在通惠河上闪着彩色的火，映着她的脸像一幅画，一幅苍白的画。我把粥递给她，“那个，我们店今天送红糖饮品。祝您用餐愉快！”

“啊？”她眼睛闪过一丝诧异，四目相对，我紧张地咽了下口水。“店里最近正准备开发新饮品，您要是喜欢可以再下订单。”我尴尬地笑了下，转身离开。

想我纵横情场，从高中到现在也有十几年了，论㞞，真的是第一次。

5

“今天给各位顾客配送的红糖姜茶不知道大家有没有收到，如果喜欢我店还会经常研制新的饮品给大家。”下午四点四十，我又给她发了条微信。她的微信对话框里显示着“对方正在输入”，激动和忐忑让我眼睛都不敢眨一下。

“非常好喝，辛苦了。感谢。”那一句非常好喝，沉淀到我的心底，释放出五颜六色的火，我手足无措，激动万分，心潮澎湃，看着她的头像眉飞色舞。

从此，我开始了双重人格的表演生涯，每天假装群发微信而独自发给她，连送了半个月的粥，偷偷地在粥里加过陈皮，就连南瓜粥里的糖都换成了木糖醇，每两天换一个饮品，每天都去给她送，只为和她匆匆见一面。日子久了，也能随便说上两句，比如“今天又加班啊”“有什么问题就微信问我啊”，不远不近的距离，把持有度的拿捏。她总会客气地回一句：“非常感谢你啊！”

我沉浸在一种奇妙的幻觉里，一种不需要回应就可以感受到满满的幸福的光圈里。

6

三个月满的时候，我心里开始重复一段话："嗨，林姑娘，今天夜色真美，你愿意和我风雨同舟吗？"捷达发出轰鸣的马达声，呼啸的风声从天空吹到我的耳边。电台里在唱："我从不会轻易许下任何诺言，也从不会为一个人如此心碎，而现在我可以敞开我的内心，你是我唯一真心爱过的姑娘。"

5月16日，阴冷。天气预报说有暴雨。我停在她楼下，她八点叫完餐，估计九点多十点就可以下班了。我要假装路过，顺道送她回家，给她讲讲我卖粥的故事。

城市高楼里的微光正在渐渐消失，我顺着二楼的那个窗口眺望，想象着她眉头紧蹙工作的模样，我用力地看，想通过那个窗口看她的故事，她的生活。

平底鞋，瘦小的身影出现在四惠大厦大门前。她今天穿了一条白色连衣裙，一把透明的雨伞握在胸前，眼睛盯着越下越大的雨发呆，瑟瑟发抖。我启动捷达，驶向她。

拿伞，下车，抬头。

一个男人从她背后蒙住她的眼睛，她笑着回头扑进男人怀里。

暴雨里，我看到什么东西正在消失。

晚上，朋友圈。"孕吐喝了三个月的粥，终于可以吃点好的了。宝宝，爸爸回来了你是不是开心得都不闹了。"

“当你暗恋一个人的时候，你觉得哪一刻觉得自己有点累了？”我放下啤酒，定定地看向这个眼睛不大，脸已经憋得通红的男孩子。

“就是啊……这我得想想。”他用手拄着脑袋，眼睛盯着桌子上的筷子。

“就是你为了让她不发现你对她好，你就得对所有人都好，来掩饰住。就像我假装群发送粥、送饮料什么的。我第一个暗恋的对象是我同桌，我们每次班级聚会，我为了给她多夹几口菜，我就坐在她附近，我给她夹菜，然后还得给身边别的人夹菜，大半个桌子的人我都夹了，最后自己没怎么吃。大家都说我会照顾人，其实……我只是想照顾她而已。”

“这是我第36次暗恋了。”他眼睛是红的，但却笑了。

你在哪个地铁口吃烤冷面？

人生如逆旅，我亦是行人。

——苏轼《临江仙》

这个故事里有四个主人公，他们是完全不同的四个人，但有一个共同的事业——烤冷面。

四个地铁口贯穿了我在北京这四年里生活过的不同地方，他们每个人都让我印象深刻。一段时间里，我每晚下班回家都会把车停在烤冷面摊前，跟摊主聊几句。

在北京想要深夜感觉幸福，来一份烤冷面很有必要。烤冷面摊儿纵横分布在各大地铁出口，为深夜脂肪贡献不可低估的力量。

四惠东地铁站A口

今天老张出门有点晚，蹬上自己的三轮车从家走的时候已经五点。“要错过下班高峰期了。”他心里嘀咕。

他骑行的目的地是1号线和八通线交汇的四惠东地铁站。四惠是个好地方，国贸、大望路上班的人会住这边，而这边也有不少公司和产业园。他想到这里，腹部一股子劲儿直冲到胸口，两只脚交替着蹬得更快了。“再慢就没地方摆摊儿了。”想到这儿，脚下好像生了风。

老张今年49岁，做了四年的烤冷面生意，他的头顶已经半秃，不秃的另一半还能看到零星的白发。快到四惠桥的时候，他蹬车的脚开始慢了下来，因为迎面正是下班的白领们。他们骑着摩拜或ofo单车，往地铁口一股脑地拥，为了节省时间，他们没有过天桥，而是逆行在左侧的非机动车道上。

迎面的上班族骑车骑得飞快，有的还戴着耳机。老张小心地和迎面逆行的自行车们会着车，骑自行车的人看到他，就会绕开他和他庞大的三轮车，有的没注意，突然看到对面的老张，来不及刹车，急忙一边捏闸，一边用脚支起自行车，发出“哎”的叹息，或抛个鄙夷的眼神。

那语气和眼神仿佛在提醒老张：“你给别人带来了麻烦。”

走错的人多了，走对的人反而成了异类。

可算到了离地铁口最近的天桥出口，天桥上已经聚集了五六个小商贩。老李冲老张喊：“快来快来！”手里指着平时他摆摊的地方。老李是炸臭豆腐的，和老张是河南老乡，两个人约好谁先来就先帮对方占个地方。

“多谢啊！”老张把车子停好跟老李说。老李什么都没说，努努嘴，把最后一勺臭豆腐从油里捞出来，加好料，递给对面的顾客。

左手一张冷面皮，右手随即撒上油，双手快速敲下一个鸡蛋，冷面开始嗞啦啦地冒油。老张利落地问第二个排队的人："要酸辣的还是咸香的？"

卖烤冷面这个营生，最早开始做是因为前妻。

前妻来自隔壁村，是老张爹花了一千块钱娶回来的，名叫崔兰。两个人在乡下务农，日子也算安生。

直到一天晚上，崔兰的一个远房表哥来他们家，说自己在北京卖烤冷面，一天挣三千多。俩人听了心痒痒，兜里揣着一万块钱就来了北京。那表哥说北京是个到处都能捡钱的地方。老张想，满地都能捡钱，不就看谁弯腰快吗？

没想到来北京不到三个月，崔兰就和那个远方表哥跑了。老张坐在不足10平方米的地下室喝闷酒，柜子里还掖着他在市场给崔兰买的水蓝色连衣裙。他生气，一把拽出来剪了个稀烂。

汗水滴答滴答往下流，隔壁臭豆腐摊儿的老李斜眼看他。老张心领神会："姑娘，那边臭豆腐也不错。"他把烤好的冷面放进快餐盒递给女孩。老张深谙小摊贩之间的关系，"顾客买不买是他的问题，说不说就是你的诚意了"。

鸡蛋摊在上面，又翻了个面。老张在想，前几天别人给介绍的那个在北京做保洁的淑芳，模样虽然没崔兰俊俏，但五官也算端正，讨回来做老婆也不丢人。

昨天二人一起吃黄焖鸡米饭，淑芳说她儿子要在大同买套房，结婚用。他琢磨着，自己来北京四年存下的钱，也就10万，不然都给了她？

公益西桥地铁站B口

晚上六点到十一点半，冷面大姐闫冬梅准时守在地铁口。她的微信名叫“女强人闫冬梅”，是东北人，烤冷面是她的事业。

在烤冷面成为事业之前，闫冬梅是个正儿八经的月嫂。她2008年和老公来北京，先在一个月嫂培训班学了几个月，因为聪明，很快拿到了月嫂证，不仅菜做得好，还熬得一手好汤，催乳、伺候月子样样在行，一个月能挣一万多。就是伺候月子、照顾新生儿比较累，她经常一个晚上都不怎么睡。

闫冬梅的老公也是东北人，搞装修，打零工，从给师傅当学徒打下手，到现在自己能独自贴瓷砖、贴壁纸、刮泥子、刷漆、水电改造，多的时候一个月也能挣个五六千。

闫冬梅决定把烤冷面当事业缘于一次公园游。儿子放暑假来京，她和老公带着儿子去北海公园玩，大老远，就看到很多人围成一圈，走近了看，是一个50岁左右的大姐在卖烤冷面。

一个简易板车，一个白色牌子。红色的大字在上边写着：烤冷面，手抓饼。闫冬梅买了一份，吃了吃，觉得味道一般。“味道一般还能卖这么好？”她觉得自己肯定能比这大姐做得好吃。坐在树荫下看着络绎不绝的人群，她仿佛看到了商机。

平底锅刷上少许油，烧热，把事先买的冷面铺上去，鸡蛋打在上面，翻面，撒上孜然、咖喱粉、洋葱、香菜，刷上酱。一股香味儿从厨房飘出来，到了正在写作业的儿子鼻子里，儿子迫不及待冲进厨房，拿起筷子夹起冷面，刚吃了一口就眼睛瞪得老大："妈，这个比我们学校门口的好吃多了！"

儿子的赞同，成为她创业的动力。她在网上买了辆小吃车，这就开始了她的烤冷面事业。

除了卖冷面，她也卖臭豆腐和手抓饼。刚开始顾客很少，随着回头客越来越多，这生意也就慢慢做大了。

无论什么时候出地铁站，这里都会围着五六个人。后来忙不过来，她就把老公叫过来帮忙。俩人服务态度都很好，一看见人就笑眯眯地问："要啥口味儿的，老妹儿（大兄弟）？"

有时候，闫冬梅也会和老公拌嘴，比如正摊着面或打着蛋，就冷不丁来上一句："你行你整啊！"即使拌嘴时满脸不屑，抬起头面对顾客时，又立马笑脸相迎。也有时候吵得凶了，老公在后边用肩膀一边怼着闫冬梅，一边磨磨叨叨说着什么，但闫冬梅都不应。

快到冬天的时候，冷面摊儿上又多了一个圆嘟嘟的身影，那是闫冬梅的儿子晨晨。放寒假了，晨晨在东北老家待不住，就来北京帮妈妈卖冷面。但是妈妈不知道，这个14岁的小男孩已经在奶奶的陪同下办了辍学。他知道自己不是学习的料，也想来大城市闯一闯。他前一阵看了《陈二狗的妖孽人生》，对未来充满了期待，他觉得自己也能跟陈二狗一样，没读多少书也能有一片天。

晨晨把袋子撑好，冷面盒子放进去，打好包，轻轻递给一个和自己年龄、身高都差不多的眼镜男孩。男孩穿着十八中的校服，脖子上挂着苹果手机，耳朵里塞着耳机。晨晨用余光看向男孩，男孩手里提的是乐高蝙蝠侠的模型，那是他梦寐以求的模型，从电影频道看了《蝙蝠侠》以后，他就疯狂地迷上了这个超级英雄。

男孩的身影消失在街角，晨晨继续低头绑着塑料袋。

天通苑地铁站B口

距离地铁站500米，范春英把三轮车停好，从车子里掏出围裙和套袖，新一天的工作要开始了。她大眼睛，长睫毛，鼻子也挺，像俄罗斯人。除了两眼后的皱纹和皲裂的皮肤，很难看出她已50岁出头了。

天通苑是亚洲最大社区，她所住的小区，12个单元，68栋楼。她就住在68号楼里的一个暗隔里，一年四季看不到光。四年前，这个暗隔两百块钱一间，如今经历了几波涨价，也到一千了。

这里住着从国贸、三里屯下班的白领，也有在未来科技城从事高技术产业的IT精英。大家聚集在这里，说天通苑风水好，即使早高峰没有半小时排队根本进不了站，也阻碍不了它成为租住率最高的社区。

范春英掌握烤冷面这项技能已经有7年了，她原来只是给街坊四邻做一做，大家都说好吃。本想在县城整个三轮车，在外边烤，但是老公嫌丢人，说对孩子影响不好。担心别人说三道四，她也就放弃了。直到两个人双双被下岗，来到北京打工，范春英又捡起了这个营生。

她是个精干的女人，从小就记忆超群，乘法口诀看一遍就能倒着背了。她记得家里所有人的生日和时辰，包括远房的七大姑八阿姨。她儿子经常说，要是妈妈能考大学，肯定也能上个清华北大的。

超强记忆力这一特长，在她的烤冷面事业中体现得更为明显。她能清楚地记得回头客的口味，糖、醋、辣、肠、蛋、香菜、洋葱……这些调料和食材吃客是要还是不要，少还是多，单份还是双份，哪怕几个人一起说一遍，她就不用再问口味，做完了分给一圈吃客，从来都没有分错过。

这天，冷面摊儿一个姑娘，戴着很厚的口罩，头上还戴着帽子，整个脸只露出一对眼睛，看上去格外憔悴。她刚走到范春英的摊子前，范春英抬头扫了一眼就熟练地说："双蛋冷面不加肠，要辣不要醋是吧？"

女孩咳嗽了两声，声音嘶哑地问："阿姨您还记得我的口味啊？"

"记得啊，你这孩子太瘦。感冒了就不要放辣了，回去记得多喝水。"说话间，范春英已经迅速将一份冷面剁成小截，装进印有"东北烤冷面"的纸碗里。

收了摊儿，范春英瞥见一旁卖花儿的老伯，还有大半筐花儿没卖完，有的都打蔫儿了，还有几朵百合打着骨朵。她一直喜欢花儿，来北京以后就没买过。她凑过去问："老哥欸，吃了没？我这儿还剩几张烤冷面，做好换你几朵花儿呗？"

中关村地铁站C口

经过半个多月的准备，陈强终于鼓起勇气要出摊儿了。他今年25岁，在做烤冷面这一行之前，他是三里屯某洗剪吹的总监，工作光鲜，赚的钱却不多。抱着给别人打工一辈子赚不了大钱的理念，他在老妈的鼓励下准备做烤冷面这一行。

老妈做烤冷面一绝，曾在他小学门口卖过冷面，那会儿没有城管，没有保护费，一张冷面不加肠不加蛋才5毛钱，老妈可以说是小县城里卖烤冷面的鼻祖。

中关村有热闹的数码市场，有创业园，有高校，是人群密集的宝地。观察中关村地铁站几天以后，发现城管不会管到这里，他决定晚上八点出摊儿。对于烤冷面来讲，香肠、冷面这些食材都是现成的，重要的是酱要好吃。老妈把精心熬制的酱料灌了整整一壶，冷面也装了整整一箱。

他摊开六张面，铁板上的热油接触到鸡蛋、香肠和面筋，顿时香味四溢。用老醋融化白糖，撒上洋葱和香菜，再扫上一些辣椒，刷上一层秘制酱料……刚出地铁的人寻着香味走来。

“欸，麻烦多刷点酱。”

“好嘞，没问题！”白色口罩里传出他稚嫩的声音。

“再多要些醋吧。”

“好嘞！”陈强举起醋瓶，一边挤一边问“够了吗？”对方一直摇头，他直接把醋瓶子递给对方：“你自己加，想加多少加多少！”

晚上九点半开始，中关村的晚高峰来了，路边打车的、赶末班车的、约饭的年轻上班族，熙熙攘攘。旁边的“西少爷”打烊了，就都跑来吃烤冷面。

“他们脑力劳动，我体力，但我工作时间没那么长。其实大家都挺累的，谁没比谁好到哪里。”

到了十一点，他收拾东西往家走。骑着电动三轮，每天都会路过一个奥迪4S店，他从宽大的玻璃窗里看到那辆他梦寐以求的RS6，他把三轮车停好，用袖子擦了擦手上的油，掏出手机，弯下腰，对着车拍了张照片。

“加油！我早晚开回家！”他发了条微博，附上了奥迪RS6的照片，把微博设置成仅自己可见。

今天北京下雨，冷面摊儿支起了伞。一场秋雨一场寒，今天这场雨异常地凉。一对情侣买了一份烤冷面坐在路沿上吃，你喂我一口，我喂你一口。雨伞边缘溅出的雨滴打湿了冷面盒。男孩说：“你快吃，一会儿就凉了。”雨伞下面，不断冒着白气。

“有遇到过什么特别感慨的事情吗？”我问闫冬梅。

“有一个小姑娘是我的常客，她加了我微信。我每次出摊儿的时候，她几乎都会来买。那天她买完了就在旁边吃，吃着吃着她就哭了。刚开始是小声哭，后来就大声地哭，蹲在地上，哭得不行，我扶都扶不起来。她晚上给我发微信，她说阿姨你在这里三年，我吃了三年，但是三年前和我第一次吃烤冷面的那个男孩，他被我弄丢了。”

我宁愿他活着折磨我

死亡不是失去生命，而是走出了时间。

——余华《在细雨中呼喊》

“陈佳，你现在最大的愿望是什么，父亲康复吗？”我停下车问她。

“康复？根本不可能。我只希望他早点死，不要中风脑出血躺在床上十几年，还要拖累家人。”

我没有说话，不知道说什么好。

“还有我最讨厌身边的人跟我说，那是你爸爸啊，你不能这样！生活就是这样，所有站着说话不腰疼的人，只是因为他没经历过那种痛苦。”

在一个15岁女孩的眼睛里，我看到一种从未见过的东西，它让我心疼，也感到害怕。

父亲陈达

清晨七点，北京望京某小区。

“酒精依赖喝死需要几年？”电脑屏幕刚亮起，陈达就看到了网页停留在这一页。

他手颤了颤，把刚放到嘴边的花生米放回盘子里，缓慢地咽了一口唾沫，手摸到了冰凉的啤酒罐儿。

女儿陈佳上高中，住校，半个月才回家一次，这两天电脑都是女儿用的。陈达本想趁女儿早上睡醒前打一盘斗地主，没想到会有意外发现。

“喝死需要几年？”“死”这个字在陈达眼睛里打旋儿，凉意从脚直接蹿到嗓子眼儿，他捂着胸口连着咳嗽了三声，随后一罐雪花啤酒见了底。他把易拉罐扔进垃圾桶，又从电脑旁边的柜子里掏出来一罐。

他打开浏览器的历史记录：“有一个酗酒的老爹是怎样一种体验？”“家里有个酗酒的爸爸，整个人生都不会好了。”“怎么喝酒死得快……”鼠标的滚轮越滑越慢，陈达的心拧成了一团，揉紧，压实，有东西堵在了胸口。

他握紧拳头，咬着牙，回头看着正在熟睡的女儿。他盯着那张和自己仿佛一个模子刻出来的脸，五味杂陈。他把手打开又用力握紧，握紧又打开，骨缝间的撕裂声在安静的清晨簌簌作响。

清晨的阳光透过白色的窗帘映在地板上，明晃晃的，闪着陈达的眼。他拉开啤酒罐的拉环，又是一饮而尽。喝了5罐以后，“小兔崽子你给我起来！”他站起身，一把掀开女儿的被子。陈达的眼睛开始有点模糊，一股怒火直冲到他的大脑，头皮跟着开始发麻，“我辛辛苦苦赚钱供你上学，你个王八蛋居然算着我什么时候死是不是？！”

陈佳缓缓睁开眼睛，并没有害怕。她坐直，扯过被子盖上腿：“你又喝酒了？”

“我喝了怎么着？我喝酒碍着你什么事儿了？我花你钱了吗？我这还没到需要你养老的时候呢，你就开始咒我死了啊？我怎么养了你这么个白眼儿狼！”陈达眼角的皱纹和暴起的青筋挤作一团，眼睛也跟着扭曲了起来。

“不知道你在说什么！”陈佳把两鬓的头发拢起，用皮筋扎了起来。

“不知道？你看你都在那儿看什么呢！还在这儿给我装呢是不是？”陈达指着电脑屏幕，怒气冲冲地瞪着陈佳。

陈佳抬头看了眼电脑屏幕，穿上拖鞋下了楼，一句话都没说。

陈达知道，女儿肯定是觉得自己又要酒疯了。他长吁了一口气，一头倒在了沙发上，视线一会儿模糊一会儿清晰。

陈达40岁，是一个已经被确诊的酒精依赖症患者。酒精依赖症是长期过量饮酒引起的中枢神经系统中毒，表现为对酒的强烈渴求乃至强迫性需要。酒精依赖症患者无法用理智控制自己的饮酒需求，如果不采取强制措施，继续喝下去的结果就是走向死亡。

陈达在沙发上迷迷糊糊地睡到了中午，醒来的第一反应是，还想喝酒。头上天花板的灯很近，仿佛下一秒就要砸向陈达的头。他眯起眼睛，眼泪从眼角流到了耳边。他趔趄着从柜子里抱出半箱啤酒往厨房走，他一罐罐拉开拉环往下水道里倒。“我不能这样了，不能再继续这样下去了。”他一边倒，一边小声地跟自己说。倒完酒，他回到卧室，打开电脑，开始斗地主。

半小时后，他抬头看表。一小时，他咬着手指又看了看表。一小时十五分钟，他抓着头发又瞄了一眼表。时间似乎越过越慢，屋子里并不热，甚至有点冷，但陈达的额头上却渗出了一层细细的汗。两小时后，他坐不住了，在屋里踱来踱去，觉得手心跟着痒。又熬了十多分钟，他穿上鞋，随手裹了一件衣服，去楼下的小超市买了半斤白酒。当白色的液体渐渐进入体内，火辣的味道让他从嗓子到胃都暖暖的。很快，陈达刚才那种不安和焦虑瞬间就消失了。

喝酒，戒酒，复喝，住院，戒酒，复喝。这个循环从陈达25岁开始，一直持续到了40岁。他第一次喝酒是在大学毕业后工作的第一年，在此之前他是滴酒不沾的人。那会儿他一直是个内向不善言辞的人，说几句话就脸红。当领导在餐桌底下踢他的脚让他去敬酒时，他咬了咬牙举起了酒杯。神奇的是，火辣辣的酒进入口腔后，他获得了一种从未有过的刺激和快感。酒过三巡，他开始变得话多，围着桌子敬酒。喝酒后的他引经据典，高谈阔论，充满自信，最终生意谈成了，还在饭桌上认识了后来的妻子。他尝到了喝酒所带来的好处，从此身上总是酒味不断，而且逢酒必醉，走上了一条无法救赎的路。

成为酒精依赖症患者，最明显的标志是“睁眼酒”的开始。睁眼酒，就是睡觉一醒来就想喝酒。那是陈达老婆因他喝酒跟他赌气回娘家的第五天，他觉得沮丧，难以入眠。第二天早上一睁眼，他就喝了一斤多白酒，随后就睡着了，而且睡得特别踏实。他心里憋着火儿，只有喝酒能让他感觉到幸福快乐，酒给了他一种无法替代的安慰。从此，他就更加迷恋酒精。一天三顿喝，喝了吐，吐了喝，都快把胆汁儿吐出来了。

当然，酒喝多了，也出过很多囧事。有时候喝完酒，第二天醒来时发现自己在公园里，身边都是自己的呕吐物。有时候遭殃的是家里的家具家电，醒来后是一片狼藉的家，结婚置办的彩电、冰箱无一幸免，都被他砸得差不多了。也有时候醒来，他发现身上到处是伤，不是摔倒在地，就是撞墙磕的。酒喝多了，他什么都干得出来，给亲朋好友甚至给陌生人打电话，有一次还注册了色情网站的会员，花一万多块钱买了视频服务。

老婆离家后一个月，陈达妈没收了他所有的钱。没钱以后，陈达就在家附近转悠，跟过往的人借钱，无论大人还是小孩，只要看到人就借钱。借到钱，赶紧买上一瓶白酒，迫不及待地打开喝上一大口。喝完他就很享受，半瓶白酒下肚，他会觉得异常满足。剩下的酒，他带回家藏起来。就这样，一个人在家又喝了一个星期。他知道媳妇嫌弃他，女儿也嫌弃他。家里人都觉得他不思进取，无可救药，他也确实是深陷酒潭无法自拔。

调查数据显示，中国确诊有4000万嗜酒者，不包括没去就诊和潜在的嗜酒者，而现代医疗没有任何办法可以治愈酒瘾症。

医院的确诊和家人的劝导都没能对陈达产生作用，直到他楼下的周琛，一个比自己还小两岁的男人，有一天突然栽倒在地，医院直接下了病危通知——多脏器衰竭。短短几小时，人就没了。

陈达听到这个消息时，正在喝酒。他害怕了。

后来，通过别人介绍，他加入了AA协会（Alcoholics Anonymous，匿名戒酒协会）。

协会经常开会，他在这里认识了很多想要戒酒的人，大家每天要重复的第一句话就是“大家好，我是一个酒鬼”。在AA协会的帮助下，陈达一度戒了一个月的酒。

一个月后，他又复喝了。因为只要看到、想到跟酒有关的东西，他都会被重新被刺激，想要找酒喝。这种想喝酒的念头压倒了一切，家庭、亲情，甚至生死。他就只是想喝酒。心无杂念。

这一天，他醒来发现自己赤身裸体躺在家门口，他一阵寒战从冰凉的水泥地上起来。女儿开了门，下楼，看都没看他一眼。

他脑海里突然出现戒酒协会里的一个场景，大家站起身，牵起手围成一圈，闭着眼睛念：“上帝，请赐予我平静，去接受我无法改变的；给予我勇气，去改变我能改变的；并赐我智慧，分辨这两者的区别。过好我的每一天，享受你所赐的每一刻，把困苦当成通往平安的道路，像主耶稣那样，接受这罪恶的世界，按其现实本相，而非如我所愿；相信他会使一切变得美好，只要我顺服他的旨意；我可以在此生有合宜的欢乐，并在永生里，与他永享至福。阿门。”

女儿陈佳

清晨七点十分，陈佳用力地关了门，跑下楼，脚上还穿着拖鞋。

她从内心里恨这个男人。

陈佳开始恨上父亲，是在初一暑假的一个夜里。已是凌晨三点多，她在父母断断续续的吵骂声中刚刚入睡，突然听见一阵急促的脚步声，接着，父亲走到她的卧室，快速地脱下了裤子，在她的房间里，撒了尿。随后扑通一声，父亲一头栽倒在她的卧室。陈佳吓得光着脚跑出去喊她妈，两个人费了好大力气把陈达拖回床上，才发现父亲脸上有一条血痕，仔细翻看头发，头顶的一道口子正在流血。

陈佳赶紧拨打了120，把父亲送进了医院。到医院后，陈达一直在抽搐，五六个医生都按不住，最后缝了15针，打了镇静剂，折腾到早上六点多，才算稳定。在陈佳的记忆里，父亲每次住院，都是因为喝酒。喝酒后骑摩托车，喝酒后开车，喝酒后和人打架，喝酒后醉倒在街边……她经常半夜三更跟妈妈去公园捡爸爸，有时候110也会打电话，说你们家有人醉倒在哪个路边了。

这一次，陈佳决定和她爸好好聊聊。她想着她可怜的妈妈，妈妈才35岁就进入了更年期，患上了抑郁症，成晚都睡不着。她的脸总是蜡黄蜡黄的，头发稀疏，几乎掉了一大半。从小到大，她印象最深的就是，一米五六的妈妈搀着一米九、160斤的爸爸回家，然后给他喂水、脱衣服、盖被子，而他后半夜醒过来，还要耍耍酒疯。

陈佳记事以来，家里的打骂声几乎没停过。有一次她爸把她的眼睛都打肿了，第二天醒来看到她，居然问："欸？你这眼睛是怎么了？"

陈达总会说他是为了事业，为了这个家。但陈佳笃定地认为，他其实不过就是为了他自己而已，他只爱他自己。

医院里，陈达醒来，摸着被包扎几层的脑袋叫陈佳，陈佳以为接下来会是一场父女情深的对话，可没想到，他的第一句话是："我的酒呢？"

陈佳扑通一声跪在他面前，"爸，你别喝了。真的，我求你了好不好？"

陈达把头歪向一侧，闭上了眼睛，什么都没说。

出院第二天，正好是元旦。一家人坐在一起吃饭，陈达跟老婆小声说："今天都过节了，让我喝一杯呗。"陈佳立马气不打一处来："爸，你都喝成这样了，你还喝！这次住院又花了5万，你还想再进去是不是！"

陈达脸憋得通红，他没想到一个小丫头居然会这样跟自己说话。"我不就是喝点酒吗？你至于不至于的？我喝酒关你什么事儿了，你管好你自己吧！"

陈佳妈低着头说："别喝了，别让孩子看你笑话。"

"看我笑话？我让你们都看看！你们现在都厉害了，都敢管起我了！知道自己几斤几两吗！啊，我当年出来混的时候……"平时喝了酒，回忆青春的辉煌是陈达的套路，今天还没喝，就要进入状态了。

陈佳用力地摔了筷子离桌："你喝吧，喝死你！"

还没走远，父亲追上去一把揪住她的头发，把她拽到门口，一把将她推出了门。"你给我滚，这个房子是老子的！"

陈佳穿着拖鞋和睡裙，就被赶出了家门。1月的沈阳，寒风凛冽，她站在雪地里瑟瑟发抖。她想不到自己可以去哪里，也不想让自己的朋友知道家里的事儿。她漫无目的地走着，走到楼下的小卖铺；她打了110。

从那以后，陈佳再没管陈达叫过爸爸。陈达依然在喝酒，一天不吃不喝就喝酒。喝到最厉害的时候，奶奶把他送到了精神病院，生理脱瘾，回到家再把他关起来，然后他又会偷偷出去喝酒，如此循环往复。妈妈不堪重负，回了姥姥家，但是她不想去，因为那个地方都是姥姥的抱怨和阿姨们的嘲讽，她宁愿在父亲喝醉的夜里，躲在被窝里瑟瑟发抖，也不愿去姥姥家听那些冷嘲热讽。

陈佳劝过，求过，跪过。到现在，她开始变得满不在乎。15岁，正当花季的她对恋爱毫无诉求，大多数时间，她宁愿自己是个孤儿。她也害怕结婚，害怕遇到像他爸一样的老公。她努力学习，努力生活，为的就是尽快逃离这个破败不堪的家。

这一晚，他听着父亲在敲门。隔着门缝她都能闻到父亲满身的酒气。她不敢开门，因为上一次的伤还没有好。她瘫坐在门口，围着一个小毯子，做了一个冗长的梦：

初一家长会，陈佳是第一名，但没有人给她开家长会。她发烧了，一直咳嗽，走出教室，回到小区，小区的叔叔调侃说："佳佳，你爸是不是又在家喝大酒呢！"陈佳低着头，脸更烫了。然后她一抬头，看到赤身裸体的陈达，正提着一个菜刀冲她跑来。

2017年10月底，陈佳给我打电话。叫了我名字之后，她陷入了沉默。我陪她沉默。大概五分钟后，她哭了，哭得声嘶力竭，撕心裂肺，手机听筒里一阵阵嘶哑的声音。

"他死了。可是我一点都不开心。我恨我自己，是不是我的诅咒应验了？我宁愿他活着折磨我，也不想他就这样走了。以后我的家属栏再也不能写爸爸的名字了……"

2017年10月31日，陈达因饮酒过度，死于"多脏器衰竭"。

人生最后一场摄影展

总之岁月漫长，然而值得等待。

——村上春树《如果我们的语言是威士忌》

这是一个关于艾滋病的故事。

故事的男女主人公，都患有艾滋病。但是不同于以往认知的是，他们都是被动感染的艾滋病患者。

男主人公郑凯是“艾二代”，即父母一方或者双方是艾滋病病毒携带者，病毒通过母婴传染。这样的孩子从一出生，就继承了父母的病与痛，并且，绵延一生。

女主人公陈四妹是一名急诊护士，在一次外科手术中，已是终末期艾滋病的患者隐瞒了病情，而当时参与手术的四妹手上有创口，沾染了病人血液，虽然进行了28天的药物阻断，但最终的结果还是HIV阳性。

艾滋病人真正怕的不是失去生命，而是来自传统观念里的偏见。

每次写边缘人群，我都会想说这句话：我们都插手不了别人的人生，我们能做的，只有善良。

愿你健康，善始善终。

1

“凯子，去拍写真吧？”陈四妹拽着鼻子里的氧气管说。

“想拍啥写真呀？”郑凯赶紧捏她的鼻子，把氧气管往里塞了塞。

“就是给我做遗照的写真啊！”

郑凯的嗓子一下子被什么封住了，削着苹果的手悬在半空。

“我跟你说，我的遗照可不用那些一脸严肃的黑白照，我要拍个裸照！你拍照技术还不错，你给我拍好不好？”

“裸照啊？”

“对啊，红唇，湿发，全裸。”陈四妹一本正经。

四妹从小就是乖孩子，按部就班地上学、恋爱、工作，她是老师眼里的好学生、父母眼里的好孩子，除了不顾父母反对从了医，她甚至一件违背家人意愿的事儿都从没做过。

现在想想，是不是当时依了爸妈，没去学医也就不会落得这么个下场？四妹有时候也会这样问自己。

“老子都要死了，肯定得酷一次。”陈四妹嘟起嘴。

“那你也给我拍一张，我也要拍个遗照！”郑凯灵机一动。

“拍遗照凑什么热闹啊！凯子你得好好活着！”她的眼神

黯淡了，比起死，她更难过的是要和郑凯分开，而且这次分别再无法相见。

“这个热闹必须凑啊！未雨绸缪知不知道，到时候下一辈人都不懂咱的调性，照得肯定都不满意！”郑凯把削好的苹果切成小块，扎上了一根根牙签。

“那你要拍啥样的遗照？”

“你就给我拍一个左手提着酒瓶子，右手夹着根烟，也全裸着的遗照。”郑凯挑眉，虽然他从不抽烟喝酒。

四妹点点头，一边流泪，一边傻笑。

2

郑凯是个程序员，遇见陈四妹之前，他的梦想是用代码改变世界。

郑凯是个不婚主义者，遇见陈四妹以后，他的梦想是把四妹娶回家。

如今，他的梦想是办好一个摄影展。

他的四妹，带着一个世俗里不清不白的病，走了。

这一天的阳光也很明媚，阳光透过窗户丢在床上两个明亮的圆斑，一个晃在郑凯背上，一个摇摆在双人床上已经空了的蓝色枕头上。

郑凯昨晚哭光了四盒抽纸，纸团满屋子都是。整个晚上，他一边流眼泪，一边用金色光面的纸叠金元宝，因为他听说，只要亲手叠，对方无论在天堂还是地狱，都能第一时间接到。

四妹住进医院以后，郑凯从一个唯物主义者变成了一个什么都信的人。从来不发朋友圈和微博的他，每天转发一条锦鲤，因为锦鲤上说，转发，会有意想不到的好事发生，会好运爆棚，会诸事都顺。

他每次发，心里都会一直默念他期待的好事："四妹健康，万寿无疆。"

朦胧中，四妹出现了。她今天穿得很漂亮，大红的唇，金色的波浪长发，眼线飞着，红裙子是V领的。

"四妹！"郑凯一头钻进四妹软绵绵的胸口，温暖而柔软。

四妹摸着郑凯的头，头发虽然不多，但还没秃。和郑凯恋爱以后，她无时不惦念着郑凯的头发。因为据说程序员会秃顶，而长期服用治疗艾滋病的抗病毒药物，也会导致脱发。

有一次洗完澡，四妹看见下水道口堆满了头发，她心急如焚，浴巾没裹紧就往卧室跑。

"凯子，凯子！"她惊呼着伏到郑凯的肩膀上，左晃头，右晃头，细致地数着，"1、2、3……"

郑凯正在写代码，眼花缭乱的屏幕晃得他眼晕。

"100、101！"四妹深吸了一口气，还好，超过100根，不会秃顶的。她裹紧浴巾，又跑回了浴室，脖子上还粘着没冲掉的泡沫。

郑凯回头看，露着白后背的四妹，还是那么性感。

离开电脑屏幕，他穿上人字拖，笑嘻嘻地去追四妹。刚跑了两步，眼前出现了一个巨大的电脑屏幕——"404 Not

Found”。他吓得退后两步，咬咬牙，又往前冲，屏幕越来越大，砸向他的头。他拼命跑，拼命跑。“404 Not Found”越来越大。

一定是忘记吃药导致免疫力差，出现幻觉了。他跑回卧室，拿出装在维生素B2盒子里的抗病毒药，一口吞下好几颗。

刚走出两步，头一歪，栽了个跟头。不疼。

郑凯肩膀猛地抖了一下，他习惯性地摸了摸自己左边的位置，上下左右摆手。是空的。

他没敢睁开眼，但是已经睡不着。枕头上都是眼泪。

现在只有在梦里，才能见到你啊，四妹。

3

清晨五点，闹钟响起。郑凯脸上泪痕未干，嘴角还是咸的。今天是2018年5月4日，郑凯起床，打开药瓶，吃药，喝水，咕咚咽下。这个动作从他8岁时开始，到如今30岁，循环往复，已成为他生命的一部分。

郑凯因为长时间坚持服用抗病毒药物，所以免疫力不错，体内的病毒载量几乎检测不到，传染性极低。陈四妹情况没那么好，她的免疫系统已经瘫痪，并且诱发了脑瘤，恶性的。

郑凯和四妹相识于社交软件，郑凯感兴趣于四妹的签名：“每一天都是最后一天。”四妹惊奇于郑凯的签名：“把每一天当成最后一天来过。”

相似的不只是签名，还有相似的病。

开车20分钟，郑凯到了“摄影展”现场。这是郑凯和四妹的婚房，有120平方米。他在互联网公司工作5年，去年公司上市，他卖了些股票，买了这栋房子。房子带大落地窗，飘窗的台子上能躺下他们两个人。四妹喜欢落地窗。

然而这栋房子，四妹住了不到半个月，人就去了医院。

推开房门，正中央是一块蓝色条幅：“陈四妹の摄影展”。四妹最喜欢蓝色，她说蓝色是天和海的颜色，也是他们未来的颜色，碧水青天，无限风光。

“要看展，请先完成游戏！”入口处的大屏体感游戏机提示。

这是郑凯开发的游戏“爱消除”，游戏中有四行五排照片墙，都是陈四妹的照片，需要点击相同的照片，照片才会消除。

四妹生前爱臭美，自拍装满了64G内存的手机。郑凯把照片都洗出来，做成了“连连看”的游戏模式。

郑凯深情地望着屏幕上的那双眼睛，他深爱那双眼睛。他看过戴美瞳的，隐形眼镜的，蓝色镜腿、黑色镜框眼镜的那双眼。无论是什么颜色的，都有说不清的柔情。

郑凯的眼泪簌簌地落。

他记得上一次流泪是5岁，浑身溃烂和疱疹的爸爸被妈妈拽着脖领子，要去爷爷家讨个说法。他妈妈边哭边叫嚣：“我一定要告你这个王八蛋，自己胡搞乱搞把病传给我，现在孩子也染上了！你不是人，不是人！”

爸爸的衬衫空荡荡，骨瘦如柴的身体在地上留下一行血水，血水从家门口一直到爷爷家。郑凯跟着跑，一边跑一边哭，爸爸的一只眼睛已经变成了白色，像玻璃球。

5岁的眼睛里，是红色的。红色溃烂的身体，红色拖曳的血水，红色的刀子穿过胸口。

6岁的眼睛里，是门口小卖铺爷爷接钱时的颤颤巍巍。他用夹子把郑凯手里的钱夹到盒子里，再把零钱用力地从门口扔出去。钱在空中打着旋，郑凯追着钱跑。

7岁的眼睛里，是姑姑家碗里的塑料袋。警察把郑凯送到了姑姑家，姑姑把他的碗套上塑料袋，盛上粥，粥太烫，把塑料袋烫破了，他不敢吃掉进碗里的米粒，肚子咕咕叫。

8岁的眼睛里，是同桌画得很长的三八线，郑凯只有一个文具盒大的书桌。无论他把手和衣服洗得多干净，做体操的时候也没人愿意牵他的手。

9岁的眼睛里，是不停说话的嘴。“你看，他不穿短袖，一定是胳膊上长了疮。”“我妈说了，艾滋病是脏病，碰一下就会传染的。”

18岁的眼睛里，是毕业照上前后左右都空着凳子的自己。没有人愿意靠近他。

他的高考作文得了满分（他写了艾滋病的传染途径只有血液、性交、母婴），但是知道他得病的人，觉得和他说句话都会感染。

这个世界上，没有绝对的善良。远离和嫌弃每天都在发生，贯穿在郑凯生命的长河里。

4

Darkness and the Way We Are 的旋律响起，这是四妹最爱的歌，Luke Thompson也是她最爱的歌手。郑凯回过神，不到40秒就熟练打完了“爱消除”，进了入口。

写有“永远和你在一起”的绿色墙上，贴着两张照片，一张是全裸、红唇、湿发的陈四妹，另一张是郑凯，左手提着酒，右手夹着烟，同样是全裸。裸照的旁边贴了一张黄色提示条：“全裸照，未成年人不得观看。成年人可选择不看。”

这是郑凯给陈四妹办的人生最后一场摄影展。

白色的墙上起头的照片是一张受精卵。这张受精卵是郑凯用数位板手绘出来的，线条里隐藏着信息，一个大写的“D”。Daisy是四妹的英文名。

然后是100天、3岁、10岁、15岁、17岁、20岁、22岁、23岁、25岁时，可爱的四妹、俏皮的四妹、青春的四妹、妩媚的四妹。

四妹妈妈在一旁低声哭着。四妹从被确诊为艾滋病直到去世，她都没和妈妈说过，妈妈也以为她只是得了脑瘤。四妹知道，这份压力应该自己承受，如果被更多的人知道，妈妈难免会受到歧视。

毕竟，在中国，“谈艾色变”是常态，艾滋病在大多数人的观念里，总是和性病联系在一起。

四妹有一次憋不住，想跟自己的闺蜜说，话题刚扯到艾滋病，闺蜜立马开始批判：“自作孽不可活，得这病的人都是自己造孽！这些胡搞的人都活该！”

四妹咽下了憋在肚子里的话。直到她去世，除了郑凯，身边的人都不知道她是因艾滋病而死。

有很多被感染艾滋病人选择了报复社会，郑凯和陈四妹，选择了远离人群。

下午四点，摄影展的人渐渐散去。郑凯把所有照片收起来，放进了骨灰盒。

四妹说过，真正记得她的人，不需要记得样子，都住在心里。

“这是什么？”他指着我汽车扶手箱里的褪黑素说。

“治疗失眠的。”

“司机你有爱的人吗？”

“有吧！”

“我的法宝是这个！”他说着掏出手机，“嘘！”他做了个手势，我关小了车里的音响。仔细听，似乎是人的呼吸声。

“这是四妹睡着后的呼吸声，我录了下来。晚上她伴着我一起入睡。你也可以用你爱的人的声音试试！”

均匀的呼吸声在车里响起，我竟然有些困了。

15岁女孩之殇

善良人在追求中纵然迷惘，却终将意识到有一条正途。

——歌德《浮士德》

2017年6月底，北京，初夏。我接了一个从天通苑去北京西站的单。

女孩看上去20多岁，穿着时尚，上车后一句话也不说。为了打破沉默，我主动搭讪："你是大学生？"

"像吗？"她说话的语气，比她的实际年龄老成得多。她扯了下T恤，露出左肩上的文身给我看，"其实我是个演员，哈哈哈！"

一番对话，得知她是个导游，业余做群众演员，这次休年假，回老家看望父母。

"我叫李晴，我给你讲个故事吧姐。一想起要回老家，回到那个人言可畏的村子，我就想起她。"

我自然不知道她嘴里的他是男他还是女她，但我能感觉到，这一定是个沉重的故事。"你讲吧。"我回她。

路途漫漫，车窗外是淅淅沥沥的雨。我脑子里一直回响着一个名字，一个永远活在初中二年级的15岁女孩的名字。

这个上初二的女孩叫李云，是李晴同村的姑娘。

李云死了，15岁。这事情闹得满村风雨。

过晌不久，是刚吃完午饭的点儿，甘肃平凉某村李云家。

家门口挤满了围观的人，老式的土炕上坐着的是李云娘，她嘴唇干裂，眉头紧蹙，一动不动地看着躺在炕上的李云。李云此时被蒙上了一层白布，头部一旁有一堆白沫，大腿下面则渗出一摊液体。

李云爹坐在门槛上一声不吭，吧嗒吧嗒地抽着一支木制的旱烟袋，阵阵浓烟把身旁的小儿子呛得不停地咳嗽。

围观的人中，有的面露难色，有的面色凝重，有的脸上透着一丝不易察觉的狡黠，还有几个人眼珠子快速转动，一边打量着屋里的各个角落，嘴上一边小声说着什么。

李晴也在人群中，她环顾四周，各式各样神情在她眼里放大，她清楚地看着杀死李云的凶手们。

李云引起轰动的不仅仅是她的自杀，还有之前发生的一次暴力性侵事件。

一个月前，下午放学回家，因为给同学讲数学题，李云晚走了一会儿。她家住在前不着村后不着店的一个小山坡上，因为穷，家里盖不起的房子，李云爹就想了个法子，在山坡上搭了一个小草房，这样放牛放羊也方便。

李云一路蹦蹦跳跳，嘴里念叨着今天学的课文：“山不在高，有仙则名。水不在深，有龙则灵。斯是陋室，惟吾德馨。”

她是学校的尖子生，也是班里的班长，从小学习就好，小学一毕业就把哥哥留下的初中课本学完了。爹娘都说女孩子学习没用，她倔强地一甩辫子，一咬牙，跟她爹顶嘴：“爹，女孩子学习有用！你看居里夫人，你看海伦·凯勒，你看……”

李云说了一堆女性名人。她爹不知道这夫人那小姐的是谁，只撇下一句：“你愿意学就学去，但是家里农活儿你都得干，你哥明年结婚，家里得攒钱给他盖房子。”

李云不言语，她心想，以后自己成了作家，就再也不用干农活儿了。

李云快走到山坡底下的时候，看到了邻村卖冰棍儿的老张头。老张头是张家村的，每年夏天都会来李家村卖冰棍儿。

老张头打了一辈子光棍儿，远远看到李云穿着花裙子一个人在路上蹦跶，顿时起了歹念。

“姑娘，来来来，我这会儿突然头疼，好像中暑了，迷糊着呢。你帮我推下车，送我回家行不行？”老张头摸着花白的头发，蹲在地上对李云说。

李云个性活泼，心地善良，二话没说就推起自行车朝着老张头指的方向走。

天色渐黑，李云回头看见离山坡越来越远，心里突然紧张了起来，“爷爷，还有多久到您家啊？”

“这就到了，再走个几十步。来，咱们先坐下歇会儿。”老张头咧开嘴露出了稀疏的几颗黄牙。

“那我就送您到这儿吧。太晚了，我爸妈该着急了。”李云把自行车撑起来，从后座的冰棍儿箱上拿下了自己的书包。

老张头急忙一把拽过书包，李云整个人也跟着被拽倒在地上。

他猛扑过去，整个身子直接压在了李云身上。

“来……来……陪爷爷玩一玩。”老张头死死地夹住李云的双腿，让她丝毫动弹不得。

“爷爷，你要干什么……”李云吓得泪水涟涟，脸已憋得通红。

老张头不作声，把李云的衣服一层层扒开。当看到刚刚发育的雪白乳房时，他整个人更加失控，像疯狗一般咬住了她。

夏夜的蝉鸣混杂着李云呜咽的哭声穿过水稻田，穿过河畔，穿过山坡，却没传到一个能救自己的人的耳朵里。

她不敢睁开眼，因为看到老张头的脸她会更害怕。不知道过了多久，在剧烈的疼痛后，老张头整个身子软了下来，李云用力推开他，翻身起来，提起书包就跑。老张头在后边暗哑着嗓子断断续续地说：“别……别跟任何人说，不然我……我宰了你！”

李云听到最后那咬牙切齿的三个字“宰了你”，心在屈辱和恐惧中缩成了一团。她跑着，眼泪洒在她的身后，一片一片。

快到家门口的时候，眼泪也流完了。她使劲儿地跺了跺脚，“不行！”她给自己打气，转身往村支书家的方向走去。

她跟村支书讲了整件事，村支书媳妇在旁边听着听着，走到她跟前，轻轻摸了摸她的头，低声说：“你李叔一定会把坏人绳之以法的，你好好读书，将来有机会离开这个村，去城里念大学。”村支书媳妇是早年的老知青，也是李云的语文老师，她对李云一直爱护有加，鼓励她读书，鼓励她考北大、清华。

“对吧，老李！”村支书媳妇问。村支书望向李云，意味深长地点了点头。

回去的路上，李云脑子里回响着初一下学期学的普希金的诗：“假如生活欺骗了你，不要悲伤，不要心急，忧郁的日子需要镇静，相信吧，快乐的日子将会来临！”

第二天，整个村子就都知道了。

很快，李云的悲惨遭遇，成了全村人茶余饭后的谈资。

在班里，她喊“起立”的时候，别的同学都不站起来说“老师好”了。同学叫她“破烂货”，叫她“小贱人”。她平时的好朋友不和她玩了，那个喜欢向她问数学题的前桌也不再回头了。

村间河畔洗衣服的妇女们，村口卖干果的老人，学校门口卖零食的摊贩们，看到李云，都交头接耳，一个人指着她跟另外的人说：“你看啊，就是那姑娘。”

她不知道自己错在了哪里，可就连爹娘也觉得她不应该去跟村支书告状。“这事儿你咋都不跟我们商量就去村支书那里告状？你这样丢不丢人？有你这档子事儿，你哥还能娶到媳妇吗！”李云爹的声音压得很低，埋怨的口气却丝毫没有遮挡。

李云低头扒拉着米饭，眼泪顺着脸颊吧嗒吧嗒往碗里掉。

这次她不敢顶嘴了，她知道她没脸，虽然她真的不知道自己错在哪里，她只知道，她明明才是最大的受害者。

李晴是李云的发小，她父母是卖猪肉的，家境宽裕一些。她们是形同姐妹的好朋友。不同的是，李晴有个姨妈在城里，父母在她初中一年级的时候就把她送到了城里上学。

暑假回来，李晴才听说了李云的事。

“晴啊，回来别跟那个李云玩了啊，名声不好。”父亲夹起一块肉放到李晴碗里。

“对！这孩子自己有问题，要不怎么别人都没事，就她被盯上了，你可别被她带坏了。”母亲也跟着附和。

“我听说她那个妈就作风不好……谁知道事情到底是咋样的。”哥哥也跟着掺和。

一家人你一言我一语，李晴默不作声，心里却像扎了根刺一样难受。

吃过晚饭，李晴偷偷来到李云家，在李云家门口的柳树下，噘起嘴，吹了声口哨。

这是她跟李云的暗号，小时候两个人说好，不管谁找谁，就吹这个口哨，相约去后山抓蝴蝶和蜻蜓，她俩都喜欢研究昆虫。

李云听到口哨声，心里很激动，飞速地跑出了门。两个人去了后山的草垛里，依偎着说话。

“云云，你的事情我听说了。你不要难过，等你考上高中离开这个破地方，这些事情就都过去了。”李晴眼睛亮闪闪的，她是真心疼李云。

“嗯。”李云沉默了一阵，只说了一个字，随后又深深叹了口气。

“云云，我跟你讲个秘密。其实我也被我城里的姨夫那样过……”李晴侧过身子小声地说。

李云垂下的眼睑突然看向李晴，“哪样过？”

李晴正要开口，李云赶紧捂住她的嘴，“记住，不要跟任何人说，任何人！”

李晴瘪住嘴，使劲儿点了点头。两姐妹抱在了一起。

夜凉如水，她们就这样抱在一起，相互取暖。许久，李云突然对李晴说：“太晚了，快回家吧，不然你妈该着急了。”

李晴揉了揉眼睛，起身把身上粘的麦秸划拉到地上。

李云牵着李晴的手，送她回家。两个人一路走一路唱小时候最喜欢的童谣：“我有一头小毛驴，我从来也不骑，有一天我骑上……”

星辰点点，两个人的笑声回荡在田野里。

很多年后，李晴总会想起她跟李云手牵手走过的那片月夜下的田野。当时的李晴怎么也不会想到，那是她和李云的最后一次见面。

第二天，李云就死了。是吃老鼠药自杀的。

“吃了好几袋啊这是！”

“就是！你没看到啊，全身抽搐，口吐白沫，小便都失禁了。”

田间劳作的妇女们念叨着。

李晴转身，眼泪哗啦哗啦地往下掉。她撒开腿跑，一下子跌倒，爬起来又接着跑，朝着后山的方向，一直跑……

孩子时，只知道懵懵懂懂地害怕。长大了，渐渐懂了这些事情后，心里就住了一个刺猬，刺猬偶尔动一下，就够疼整个人生。

李晴长大以后，这个刺猬就住在了她心里，再也没有出去过。

我把车缓缓地停到路边，“到了。”我说。不知道还能多说些什么。我扭头看她，却发现她脸上有几分释然。

“司机，你能把她写到你的故事里吗？”路上她加过我微信，可能是看了我写的《女司机故事集》吧。

“当然，我会把你和你的朋友，都写到故事里。”我拍拍她的背。

她说：“我可以抱抱你吗？”

我就是我，是颜色不一样的烟火

天空一无所有，为何给我安慰。

——海子《黑夜的献诗》

凌晨一点半，送完三里屯SOHO公寓的一个单，刚要收车，系统又派了一单。工体MIX到如家快捷酒店。

工体马路上车已不多，夜24路公交车在工体东路上飞驰，车上只有零散的几个人。一进工体大门，保时捷、玛莎拉蒂、兰博基尼各色豪车停在两侧，夜店MIX门口还有人在排队入场。混迹夜场的人，凌晨一点钟，夜生活才刚刚开始。

车子刚停稳，后车门一男一女便上了车，带着浓重的酒气。刚拉上车门，女人就偎依在男人的肩膀上。夜色中，我看不太清两个人的容颜，只在后视镜瞥见，女人穿着低胸V领紧身黑色上衣，圆滚滚的两个乳房在胸前若隐若现。

“口、肛全套一千，哥。”女人声音清脆，用手挎住了男人的胳膊。

话音刚落，男人一激灵，一把甩开了女人的胳膊，

“啥？你是卖的？”说着，一把推开女人，挪动屁股往车门一侧移了移。

“对，我不仅是卖的，我还有JJ，舞池里跳舞你摸我的时候难道没摸到吗？”女人声音提高，嗓音尖利。

“有病吧你！”啪的一声，男人叫骂着反手就给了女人一巴掌。

“停车，给我停车！”男人一边冲我喊，一边用力敲着我的座位头枕。我打开双闪，把车停到了路边。

凌晨一点五十的北京，一辆保时捷911拖着轰隆的发动机声，从我车旁呼啸而过，掺杂的是后排女人撕心裂肺的哭声。

1

小雪，这是她告诉我的名字。在这里，我更愿意把他叫成“她”，这是她精神上的性别。她22岁，北京某高校大四的学生，是一个服药近四年的“药娘”。

药娘，学名叫“性别焦虑”，属于LGBT中的T。LGBT是女同性恋者（Lesbians）、男同性恋者（Gays）、双性恋者（Bisexuals）与跨性别者（Transgender）的英文首字母缩写。MTF（Male to Female）是男变女群体，通过吃药改变自己的性别特征，让胸部变大，肌肉萎缩，雌激素大量分泌。她们会留长头发，化妆涂口红，穿高跟鞋。她们的性别中枢判定她们为女孩，而她们却住在一个男性的身体里，长着令她们厌恶的生殖器，身份证上的性别一栏里赫然写着“男”。

16岁的一个夏天，小雪参加完物理补习班后提早到了家。她脱掉宽大的校服，在妈妈的衣柜前发呆。她热爱衣柜里每一件内衣的形状，热爱每一件连衣裙裙摆的模样，那让她心驰神往。她瞄了一眼门口的表，下午四点半，妈妈还没下班。五点之前，她可以在家里做半小时的女孩。

她轻轻拿起一个粉色的胸罩，放到胸前，脸突然就热热的。衣柜里挂着妈妈上周刚买的天蓝色连衣裙，她小心翼翼地把头从裙子里探出来，裙摆刚刚过大腿一点，看着有些怪异。她踮起脚尖，在全身镜前看自己，除了有些突兀的生殖器，其他都很完美。长腿细腰，她嘴角扯出一个妩媚的笑。她想到她喜欢的那个学霸前桌，坐在他身后可以闻到淡淡的舒肤佳香皂的味道，是那么的清新。她闭上眼，回想着学霸在校园操场上打篮球的样子，白色的衬衫，温暖的阳光，脸上滑落的汗珠，画面太美，她整个人都陶醉了……

咯吱，卧室门开了。妈妈站在门口，看着一米七八的儿子正站在镜子前穿着自己的连衣裙，手还摸着若隐若现的粉红色胸罩。妈妈惊得半天没说话，眼前一黑，差点晕了过去。她趔趄着走过来，跟儿子说："吴强，你这是……在干吗？"

吴强是小雪身份证、户口本和学籍卡上的名字，也是她背负性别的名字。

吴强来不及脱裙子，慌忙把一旁的校服裤子往身上一套，走过去扶着妈妈，"妈……你怎么今天这么早回来？"

她脑子里想了很多个理由，却没有一个能解释刚才的尴尬场景。她知道，当时妈妈的心里大概只有一个词——变态。

变态、不男不女、鬼上身……这是贴在她身上的标签，即使到了现在，她22岁，依然被这些词裹挟、包围，有时候甚至是围攻。

2

16岁的那个夏天，是一切的转折点。在接下来的三个月里，吴强妈妈先是找了几个道士在家里作法，她认为吴强是鬼上身，她无暇听儿子讲那些心路历程，她只知道，这样下去，不仅她儿子会被骂成怪胎、精神病，她自己也会颜面扫地。

然而，情况并没有因道士咿咿呀呀的咒语有任何好转。反而从那一天起，吴强彻底变了，她说话声音开始变得很“娘”，走起路来，自觉不自觉地扭着胯。她留起了长发，经常用小拇指撩起散落在前额的碎发。有时候，她干脆化了妆，穿着一身女装出门。

从那以后，她甩开长久的隐忍和伪装，不再装得像一个男孩子，不再去和邻居男孩打游戏，也不再和高年级的男孩一起抽烟、骂脏话。撕下面具，一切都那么的顺理成章。她再也不用去演一个男孩子了，她可以做自己了！

“天天去演一个人，太累了，真的。”小雪的眼睛在昏黄色路灯的折射下，泛着光，晶莹透亮。

连续作了一个月的法，吴强不见好转，反而越发不可收拾。妈妈又强行带儿子去看心理医生。第一个心理医生并不靠谱，听了吴强的情况，给她开了很多抗抑郁的药，说她只是心理问题。被逼着吃了十几天的药，儿子每天昏昏欲睡，上课也无法集中注意力。最后，妈妈也只能放弃，她还能做什么呢，除了每天出门躲着熟人走路？

久而久之，母子之间的隔阂也越来越大，在家里基本不怎么说话。

那时候家里总是寂静的，就像没人在这里生活一样。冬天的晚上，小雪听到妈妈咯吱咯吱踩着雪回家的脚步声，听到妈妈拧着已经生锈的门锁，她就马上钻到被窝里，故意不盖被子，她多么希望，妈妈能走进她的卧室，给她盖盖被子，摸下她的头。但是，从来没有发生过。

就这样，在其他男孩的羞辱、嘲笑和孤立中，小雪熬过了高中三年，考上了北京的一所普通高校。

开学前，小雪在卧室里收拾行李。妈妈在客厅喝酒，借着酒劲儿，冲到卧室，指着比自己高两头的小雪骂："你这个畜生啊，下三烂啊，我怎么生了你这么个变态！你爸是个畜生，你也是个变态！我这是什么命啊！你快滚，快滚，永远都别回来！我跟你丢不起这个人！"小雪妈边骂边哭，拳头越攥越紧。

"妈，我真的不是男孩，您别逼我了。我真的就是个女孩。"小雪语气平和，波澜不惊，像是在说一件再普通不过的事情。她知道，妈妈并不是真的关心她，她在乎的，只是自己的面子。

3

进了大学，小雪很自然被安排在男生宿舍。第一天进宿舍，她就和混杂着脚臭的潮湿空气撞了个满怀。她在宿舍门口站了很久，随后拉着行李箱，去校外找了房子。

大学的生活是清闲的，业余时间，小雪开始在贴吧、B站里混。她喜欢COSPLAY，喜欢动漫。她在网络上渐渐知道自己不是变态，也不是精神疾病，原来自己在身心上的这一切，都是正常的。她的女性心理和女性思维，完全是由下丘脑的性别认识中枢自然形成的，虽然她在生理上是男性。

据相关统计数据显示，全世界每30万人中就有一个小雪这样的跨性别者。

小雪在Facebook上注册的时候，看到在性别一栏里有56个选项，她在下拉的菜单里找到Trans Female（跨性女，出生时是男性，但现在自我认同女性），她人生中第一次有了被认同的感觉。她哭了，在发现自己和别人不一样后，她第一次哭得那么伤心，之前无论妈妈怎么骂她、周围的人怎么羞辱她，她也从来没有那么哭过。

随着在贴吧里露脸越来越多，小雪在网上渐渐认识了一群和她一样的人，大家互相取暖，互相抱团，分享生活。她开始有了朋友，很多和她一样的跨性别者在不同区域成立了“跨性别者避难所”，北京就有一个，她们时常聚到一起吃火锅。

每年冬天的时候，几个人围坐在火锅旁，一边下菜，一边欢乐地聊天。小雪会跳到屋子中间给大家表演别人看见她穿女装时的口气。

“咦？你看那边那个，对对，就是穿粉裙子的那个，你看她是男是女啊？”

“看着像是女的啊，但你仔细看，他腿上的毛都没剃干净！”

“咦……好恶心哦！”

小雪演得惟妙惟肖，语气、动作一气呵成，围坐在火锅前的几个人笑得前仰后合，嬉闹着说小雪应该去学表演。

打打闹闹，嘻嘻哈哈。窗外的雪花静静地飘，大家笑着笑着突然就抱在了一起，哭成一团。

开始吃药，是缘于小雪的朋友小兰。她们在“药娘二区”相识。“小雪你‘吃糖’了吗？”小兰给小雪发消息，后边跟着一串表情符号。那是小雪第一次知道“吃糖”，是她们对吃雌激素、抗雄激素药物的叫法。“吃糖”无法改变她最讨厌的那个生殖器，但其他女性特征都可以改变。于是，她也成了药娘中的一员，用圈子里的话说，这叫“入坑”。

“吃药以后最大的感受就是全身发软，感觉力气都变小了。每天早晨也不再勃起，皮肤变好，动作举止更柔了，胸部也渐渐变大。上课的时候，会臆想抱住旁边的男生。听着是不是很变态？”小雪瘫在后座上用假音问我。

“没有。”我拿起一瓶水，“你是什么时候发现自己有这个倾向的？”我拧开瓶盖，把水递给她。她鼻子高挺，眼睛虽然不大却有神，算不上大美女，但一看就是个温柔的女孩子。

小雪第一次发现自己异于常人，是很久听不到小区里的叔叔摸着她头说“你已经是个男子汉了”。“男子汉”这个词像针扎一样刺痛着她，而当有人偶尔说她“娘炮”的时候，她却觉得异常的亢奋。那时她幼小的心灵并不知道“娘炮”意味着什么，她只知道她喜欢和女孩子玩，喜欢洋娃娃，却不喜欢男孩玩的玩具。

但是她一直伪装得毫无瑕疵，依然像一个正常的男孩子，直到妈妈发现以后。

后来，进了圈子，圈里的朋友跟她说：“咱们现在得持证上岗，你赶紧去医院做个检查，这样以后遇到点啥事儿，就把诊断书亮出来就行了。”拿到北医六院的MTF诊断书时，小雪反复看着自己的检查报告，眼泪把报告打湿了，“男性女性化”五个字像是给她正了个名。

她坐在医院的走廊里，一开始小声地哭，后来号啕大哭，她觉得她再也不用走在黑暗里了，也不用在黑夜里寻求安慰了，从那一刻起，她光明了，解放了，自由了，也安全了。

4

得到正式的身份认证以后，小雪的下一步打算就是攒钱去做变性手术。母亲已经极少和她联系，只是偶尔会打上几百块钱，这不够她吃药的，更不够她手术的。她尝试过在网上联系血头去卖血，卖血的钱都去买了雌激素和抗雄激素的药。但是血不能频繁卖，有个身边的药娘说是卖血感染上了艾滋病，这让小雪更害怕了，也就放弃了卖血这条路。

小雪的好友里有很多卖药的人，但这些人有没有经营资质，她并不知道。国家监控严，这类药应该是很难搞的。所以药娘们只能通过微信、QQ这些渠道去购买，她们也不知道这些药到底是不是真的，有没有风险，只有吃了才知道是真是假。她们只能冒着风险去尝试，因为除了吃药，没有其他更好的能维持女性特征的办法了。

北京的夜店人潮涌动，人们因为各种原因汇集在这里。震耳欲聋的音乐声中，舞池里扭动的女郎摇曳多姿，有人在这里浇愁，有人在这里寻求刺激，有人在这里艳遇，也有人像小雪一样，抱着挣钱的目的，同时希望能遇到一份爱。

“夜场没有爱情，可我还想碰碰运气。”

小雪目光澄澈，我从她的眼睛里，看到了一种从没见过的真诚和渴望。

“遇到不给钱的多，你也不能打电话报警。只能忍着，所以我后来都直接先说价格和服务内容，不让他们吃霸王餐。”小雪点燃一支烟，按下车窗，背对着我抽烟。

药娘不同于伪娘，也不像同性恋。她们有的是同性恋，有的是异性恋，也有的是泛性恋，她们无法出柜。据国际非政府组织亚洲促进会2014年发布的一项调查报告显示，亚洲跨性别者占成年人群体的0.3%，中国大陆的跨性别者有400多万。人数不少，但社会关注度却远不及同性恋群体那么高。

“有的完全是出于好奇，到了地方，让你自己在那表演，或者问你一些古怪的问题。”她扔了烟头，转过身对我说，“顾客里边什么人都有，各种年龄，各种癖好……我觉得那些所谓的正常人，他们那些五花八门的想法和癖好，才是真的变态。”

“你现在最大的愿望是什么？”

夜色苍茫，收音机里放着张国荣的《我》。

一股酒气飘过来，她凑在我耳边：“当然是做一个真正的女人，这样就可以正常出入女厕所了。”

“还有，遇到一个爱我的男人。”

高档写字楼里的折叠人生

不够完美又何妨？万物皆有裂隙，那是光进来的地方。

——莱昂纳德·科恩

“怎么样，我没瞎说吧。我们这写字楼是不是贼高档！”董月指着面前一栋高大的写字楼说。

“是啊。”我摇下车窗，仰着脖子看眼前的写字楼，“你说的郑欣还在一楼的便利店吗？”

“当然，就那个！”董月指着一个女孩的背影跟我说。

她和她，在同一栋高档的浮世楼里，各觅一方自由的天地。

1

一层的郑欣在便利店管收银，24小时营业。

12层的董月今天当上了市场总监，这个总在公司楼后头一个人抽烟的女人。

这是北京三环的写字楼，每天每平方米8块钱，流线型的建筑直插雾霾。暴风雨来临时，从24层的窗口可以看到近在咫尺的耀眼闪电。

黄绿嫩叶从枝条里抽出来，北京短暂的春天一下就来了。

粉色的桃花一簇簇地开，写字楼的灯从上亮到下，守在门口敬礼的保安收起了保温杯，狗贩子怀里揣着几只小土狗，大声吆喝叫卖纯种的拉布拉多。

董月踩着7厘米的白色高跟鞋，白色修身套装修饰出纤细的腰肢，右手握着星巴克，左手拇指迅速滑动着手机屏幕，一路低头，脚步匆匆。

提着黑色塑料袋下班的郑欣，边走边低头看手机，与迎面走来的董月撞了个满怀。

“对不起，对不起，真不好意思！”董月边道歉边捡掉在地上的塑料袋，郑欣脸红到了耳根子，忙不迭地去抓东一袋西一袋滚出来的卫生巾。

董月抬头瞅红着脸的郑欣说：“你是一层便利店的收银员吧？”

郑欣点点头，她也想起来了，这是楼上金融公司的高管。

两个人见面的次数不少，董月时常来她便利店买烟，长白山777，一盒15块。

董月帮郑欣捡完滚到下水道口的最后一袋卫生巾，系好黑色塑料袋递过去。

董月欠身道歉，一阵浓艳的香气随风飘来。之后，哒哒哒的高跟鞋声越来越远，她钻进了停在写字楼门口的黑色奔驰。

这是2018年的4月，北京已经飞了半个月的杨絮。紧紧簇拥在一起的白色绒毛漫天飞舞，飘散在空气里，落在行人的头上、脸上，也有的钻进了鼻子里。

2

董月第一次来到这个写字楼的时候，刚大学毕业。那会儿她还不会抽烟，她的女领导王爱华爱抽。

那时候的她，意气风发，信心满满，相信自己一定会在北京闯出一片天，让操心的妈过上好日子，让负心的爸后悔抛下了她。

董月妈说："我这辈子最恨抽烟的人，你姥爷抽烟得了肺癌，你姥姥吸二手烟咳嗽了一辈子。"

这句话董月听了二十几年，她给自己定规矩，不仅自己不能抽，自己未来老公也不能抽。

如今，她烟不离手。

董月来之前，郑欣已经在大厦工作了三个月，刚转正，她见过董月多次。

第一年，她穿着蓝色连体牛仔裤，白衬衫的袖口已经洗得脱了线。一笑有两个酒窝，隔几天就来便利店买彩虹糖，偶尔会买十几瓶红牛，问要不要袋子，从来都是摆摆手。

第二年，她时常下午三点左右来便利店买便当，长头发已经剪了一半，齐耳的头发掖在耳后，笑容少了。

第三年，她和一个中年女人说笑着来便利店买烟，她买好了烟，递给女人打火机，她眼睛下有黑眼圈，斜分刘海变成了中分，高跟鞋也走得稳了。

再后来，她经常来买烟，有时候一天两包。即使涂了几层粉底，还是盖不住额头上揭竿而起的红痘。

中午十一点十分，便利店已经排起了长队，大多数是买便当的。

“啪”的一声，结账柜台前一阵骚乱。

“这可乐我都拉开喝了，我把钱给你不就得了，你刷什么条码！”

“不好意思，我们每件商品都要扫码的，不然麻烦您帮我再拿一瓶过来我刷一下好吗？”郑欣指着女人后排的货架。

队伍里不时地有人探出头张望。

“要刷你不早说？现在才说，耽误我的时间！什么破服务！”

郑欣没反驳，顾客是上帝，隐忍是真理。

“这不行，24块4，带两个4，不吉利！你给我算一下，带4我不要！”

董月摘掉耳机，从队伍里出来，哒哒哒的高跟鞋声越来越近。

“哎哟大姐，那您怎么不买8888的东西，这吉利，买个二十几块钱的东西还穷讲究！”

“关你啥事，关你啥事？屁话那么多！”女人胸脯起伏，唾沫星子往外飞。

郑欣给董月使眼色，一边对那女人说：“不好意思阿姨，我给您减掉了一盒6块4的方便面，现在是18块钱。”

“不行不行，这方便面我必须要！”

董月冷笑：“老太太，别欺人太甚啊！”说着把脸贴近女人的脸。

西装革履的房地产销售、油头粉面的理发店店员、半秃顶挺着肚子的IT工程师在人群里小声地骚动着。

“我，我告诉你们，就你，你，以后在北京都别想混了！”女人先指郑欣，又指已经一只手搭在她肩膀上的董月。

“姐，您这话说得我都害怕了。您这能耐了不得啊，不然您明天去一趟天安门，把城楼那相片换上您本人？”

郑欣看一眼董月，董月看一眼郑欣。人群里发出笑声和唏嘘声，便利店门口也开始有人围观。

有热闹的地方，就有围观。

3

要问在高档写字楼里工作是一种什么样的体验，无论是收银员还是高级白领，都会回答：挺累的。

收银员要结账到深夜，高级白领要应付层出不穷的办公室政治。

写字楼后头是一个不大的花园，后边连着一个高档小区。夜晚，小花园浸泡在寂静里。

因为便利店的“拔刀相助”，每周三晚上十点半，写字楼后头抽烟的董月多了一个“烟友”。但郑欣不抽，她只是陪着董月抽。

“月姐，我最近犯难，你说我能在这写字楼干一辈子收银员吗？”郑欣仰头看这个24层的写字楼，夜晚，闪着光的它，像一座宝塔。

“除了干收银，你还有什么其他想做的吗？”董月闭上眼睛，闻她刚吐出去的烟圈，浑浊而柔软。

“不知道能干点啥，我就会干这个。”深夜的花园雾气沉沉。

“那你犯难的是什么？”

“我三姨家表哥上个月回老家了，临走前跟我说别混了，挣再多钱都不够在北京买房的。我爹妈也催，说女孩子终究是要嫁人的……”郑欣叹了口气。

“怎么选都没错，看你自己怎么想，想要什么样的生活。”董月把烟捻灭，“有时候年纪比你大或者阅历比你深的人，他们给你的意见不一定有用，你还是得自己想清楚，毕竟是你自己的人生。”

郑欣点点头。

“对了，月姐你戒烟吧！”

“也想戒，天天加班到这时候，能提神的除了咖啡、红牛，也就是烟了。”

“那你，以后别和你们公司那个长得挺胖，说话一股台湾腔的，叫Daisy还是dei啥的女的来往了。”昏暗的夜里，郑欣眨着眼睛，亮闪闪的。不止一次，她听到胖女孩和另一个男同事在背后吐槽董月。

“抽烟的女人都有故事啊！”男的说。

“十有八九水性杨花，能耐多着呢，不然升这么快？”胖女孩说。

两个人在便利店门口指指点点地絮叨，郑欣每次听了都不舒服。

“我妈也这么觉得，她说好女孩都不会抽烟。抽烟确实对身体不好，但是性别歧视这就不对了，抽个烟还要分男女？”董月无奈地笑着说。

在家是个好孩子，上学的时候是个好学生，工作以后是个好员工。董月不到3岁的时候，她爸都没来得及跟她妈办离婚，就跟同村一个从北京打工回来的女人跑了。她妈抱怨了小半辈子，时刻提醒董月：“你将来一定要有出息！不能让你那个不要脸的爹看不起咱！”

在北京生活过的女人能有多大魅力呢，能让一个刚娶妻生子的男人抛家舍业和她私奔？董月想过很多次这个问题，从天津大学毕业以后她就来北京找工作，她一定要混出个模样。

或许，在北京，她还有机会遇到那个24年没见的爹。

郑欣的电话响了，“我知道了妈，这周我就去啊！”放下电话，她气鼓鼓地说，“又让我相亲，这回这个更夸张，比我大10岁。”

“你妈怎么老给你找年纪差这么多的？”董月疑问。

“大龄男青年不挑，不然我这工作挣钱少又不稳定，谁能看上我。”郑欣垂着头，继续说，“我妈啊，从小就看不上我，总觉得我一无是处。不过也是，上学的时候成绩不好，高中都没考上，中专毕业，也就当个收银员。”

在郑欣的记忆里，妈妈从小就没正眼看过她，她胖，还笨，又不会聊天。直到现在，她还是个很敦实的女孩。

“收银员这个工作其实在哪儿干都差不多，回老家挣和在北京去掉房租以后的工资几乎一样，但我就是不想收银的时候再遇到我初中同学、小学同学，那太没面子了。”郑欣自顾自地说。

“我明白。在北京这个大城市里，穷也能体面一些。”

冰凉的夜，高耸入雾霾的写字楼，仿佛超越了天际。

“为人父母这么重要的事儿，却不用考试，所以才有了我们这些悲哀的小孩。”董月边说边把手绕过郑欣的肩膀，郑欣顺势靠在了她的肩膀上。

“以后我会是个好妈妈。”郑欣笃定地说。

城市星星点点，而家都很远。

4

一壶茶已经加了四次热水，茉莉花茶的香气四溢。到十一点十分，这个会已经开了两小时。

新官上任三把火，刚空降来的高级市场总监仍在夸夸其谈。白色衬衫，灰色领带，脖子很短，一脸猥琐。

公关总监作为公司著名捧哏，两个小时都在专注地记笔记，并不时点头、瞪眼，嘴里“嗯嗯啊啊”地回应，不愧是表忠心的公司一级演员、享受公司津贴和奖金的优先考虑对象。

董月笑笑，不作声，又饮了一口茶。

空降的领导仔细观察和甄别着日后可能出现的对手。刚来公司根基不稳，要先用慷慨激昂的讲话掩饰内心的发虚。

“昨晚刚到北京，张董派秘书接我，8年没回过北京了，8年前我和张董还都是刚毕业的学生呢！北京这几年的变化真是日新月异啊！”新领导感慨地说。

这句话的信息量有多大，不言而喻。公关总监的头点得更勤了，财务总监也托着腮微笑，一旁的行政助理赶紧给新领导添满了水。

转着笔的行政总监打了几个哈欠，办公室政治和她无关，因为这公司是她舅舅开的。年纪轻轻就当上总监的，除了有背景有路子，就是有姿色。

董月算是有几分姿色的，姿色加上努力，才能让她在加班加点、斗智斗勇的办公室斗争中脱颖而出。如果她能放得开，让领导都喜欢的话，也能像行政总监一样，升职像坐飞机。

会议室这个战场，短兵相接，未见硝烟却充满艺术，核心思想是“装”。装臣服、装才华、装野心，实施策略是结盟，和敌人的敌人结盟，对抗敌人。

接受自己是个凡人这事儿，董月用了四年。

一开始，她奉行不站队、不唯上的原则，独善其身，把手头的工作做好。不站队的好处是，看上去没人压制你，但也意味着没有晋升的机会。工作了三年，当她学会结盟时，爱抽烟的王爱华只是帮她说了句话，她就很快升了职，也因此染上了烟瘾。至此她明白，靠自己太难。

“董月，一会儿你来我办公室一趟。”新领导说完“散会”，对董月说。

董月点头，收拾文件。

“哎哟，你看我们董小姐啊，真是人见人爱呢！”

“快快快，把表拿出来，看几分钟能出来！”

“新领导这么肥，估计两分钟。”

办公室八卦是最喜闻乐见的事，也是办公室政治的一部分。董月从新领导办公室里出来，同事都抬头看她，她仰起头，腰板挺起，径直去了便利店。

便利店里，郑欣正蹲在货架前整理商品，旁边还有一个姑娘，年纪不大，穿白裙子，正对郑欣说：“欣姐，我真羡慕你在这大城市生活啊，你看，你这衣服多好看！北京真好啊！”

郑欣嘿嘿笑着，她内心有一点骄傲，生活在北京，她时常也觉得骄傲，虽然她的身份证号码永远改不成110开头，也无法在这里扎根。不过，回到老家又能怎么样呢？家里都是靠人脉办事，没关系，没人脉，还是要过苦日子，还要被妈妈天天骂。

对于在小城市里没有人脉的普通人来说，留在北京，至少会多一份机会，会有机会过至少看上去自由、公正、平等的生活。

“郑欣！”董月叫她。

郑欣咧嘴笑，白牙齿闪着光。

5

下午两点零一分，便利店门口排了很长的队。三三两两的白领们从写字楼的电梯出来，保洁阿姨推着保洁车，小心地拖着地，踩着高跟鞋的董月在写字楼门口接电话。

打完电话，董月看到一个穿黑色裤子、蓝花短袖衬衫的女人正在写字楼门口仰头往上看，脖子已经仰到极限。董月挡住阳光，仔细看。她见过这个女人，在郑欣的手机相册里。她的鼻子和郑欣如出一辙，鹰钩鼻。

“阿姨，您是找郑欣吗？”董月上前问。

“啊，是！”郑欣妈妈收起脖子，左右转了转，发出咯吱咯吱的响声，“你认识郑欣啊！”

“认识，阿姨您进去吧！外面这么晒！”董月说。

“哎呀，这写字楼这么高级，我怕被撵出来。郑欣说她马上就出来了！”

“那好。”董月礼貌地微笑着，走进了旋转门。

快走到电梯口，她又折返回去。

“阿姨，我是郑欣的领导，郑欣非常棒，工作很努力，非常聪明，我们都很喜欢她，谢谢您培养了这么好的一个女儿！”董月走到郑欣妈面前说。

郑欣妈眼泪一下子涌到了眼角，嘴巴嗫嚅着说不出话。

初春的花，浮动着光和影。

春天一来，整个写字楼蓄势待发，等待着新鲜血液的输入，送别着收获满满的离人。光华流转，它不曾老去，记得每一个在这里待过的人的梦想和彷徨。

董月拎起包，理了理额头的碎发，抹了抹眼角的泪痕。

“再见，司机！希望下次还打到你的车。”

“有缘再见！”我摆手。

她踩着高跟鞋，歪歪扭扭地往小区里走。

这城市，她和她，他和她，他和他，都各有各的辉煌，各有各的彷徨。

我爱上了一个比我小20岁的男孩

你的儿女，其实不是你的儿女。他们是生命对于自身渴望而诞生的孩子。他们借助你来到这世界，却非因你而来。他们在你身旁，却并不属于你。你可以给予他们的是你的爱，却不是你的想法。因为他们有自己的思想。

——纪伯伦《孩子》

我27岁，他7岁，即将上小学二年级。我们没有任何的血缘关系，我们两个只是在电梯里偶遇，我帮他按了楼层。

这个小朋友，给了我很多从未有过的感觉。作为一个成年人，我深深地被这个小男孩吸引，并且和他成了忘年交。

1

秋风萧瑟。落叶呼啦啦地从树上掉下来。我裹着大衣往家走，此时是下午六点，我早早收了车。

刚进电梯，听见门外一个稚嫩的声音大声喊着：“等等，等等。”

我按住了电梯开门键，等着那个声音进来。

一个小小的身影呼哧呼哧地跑进了电梯，后边还跟着一个头发已经花白的老奶奶。

大眼睛，长长的睫毛，胖胖的小脸上嵌着一个小鼻子，背上还背着一个小黄人的书包。

奶奶扶着电梯门喘，我冲着小孩儿笑。

奶奶跟我点了点头，冲我笑，又对一旁的小男孩说：“快谢谢阿姨！”边说边挑着眉毛往我的方向看。

小男孩刚到我的腰，他仰起脖子，眨着水汪汪的大眼睛认真地看我。

“谢谢姐姐。”他咧嘴笑，下面几颗小牙摇摇欲坠，上面两颗小虎牙若隐若现。

我也冲他咧嘴笑。奶奶拍了拍他的小书包：“喊阿姨！”

小男孩瘪了瘪嘴，小声嘟囔着什么。我摸了摸他的头，出了电梯。

2

“所以你为啥叫我姐姐？”

“因为爸爸说年轻漂亮的都是姐姐。姐姐你没有皱纹，笑起来也好看。所以是姐姐。”

这是我们第二次见面，此时，我们在楼下的小花园里捡银杏叶。

“你叫什么名字啊？”我蹲着把一片银杏叶放到了他的手里。

“小西。我爸爸喜欢梅西，所以给我取名叫小西，意思是希望我以后变成小梅西。”他晃着小脑袋，小心翼翼地把银杏叶装到他的塑封小袋子里。

“好听的名字啊。”一阵风吹起来，几片银杏叶飞到了他的脚下。

“那是爸爸喜欢的人，不是小西喜欢的。小西担心以后长大成不了小梅西，那样爸爸就会失望。”他把一片干枯了一半的叶子捡起来。

“不用担心啊。你要成为自己想成为的人。”我摸摸他的头。

他半信半疑地瘪瘪嘴，“姐姐，为什么大人们总是说要小孩变成什么样呢？小孩要变成什么样不是小孩自己决定的吗？那不是小孩自己的事吗？就像大人也有自己的事一样，可是小孩就不会让大人怎么怎么样。”

孩子的成长本就是大人是参与者、小孩是主角的过程。然而，很多家长却把自己的意愿强加给了孩子。

我换了个方向，和他面对面。秋风吹得他的鼻尖有点红。

“小西，每个小孩都是特别的小孩。你就去成为你自己就行了，不用管爸爸妈妈的心愿，也不要担心。”

“可是姐姐，如果每个小孩都是特别的小孩，为什么大家都要学一样的算术题，读一样的语文课文？那样小孩不就都是一样的了吗？”他歪着脑袋，抽了抽鼻涕。

“你看小花园的这些大树和小花，他们也都是要有相同的雨露啊、阳光啊、人们的保护啊，然后长大起来，那都是相同的。可是你看他们却长成了不一样的形状对不对？小孩也是这样的，现在大家学的都一样，就像阳光和水一样，但是长大以后，你们都是特别的小孩。”

他若有所思地点点头，撅着屁股又去捡飞起来的一片银杏叶。

捡完银杏叶，我们蹲在楼下的小花园塑封银杏叶。我给他写了一张小卡片，放到了他的语文书里：“不要因为自己的与众不同而感到害怕。”

3

家附近总是有很多流浪猫。所以我有在包里带猫粮和猫零食的习惯。

这天，我正在楼底下喂一只橘色的流浪猫，正好小西放学被奶奶接回来。

他蹲到了我身边，小心翼翼地问：“姐姐，这个小猫没有家吗？”

我说：“对，可能它的主人也在找它。”

他没说话，直勾勾地盯着小猫。

小猫吃完猫罐头，过来蹭我的脚，呼噜呼噜地发出叫声。小流浪猫的毛已经打结了，身上白色的部分也变成了黑色。

小猫蹭了一会儿我，又去蹭小西，一边发出咕噜咕噜的声音，一边眯着眼睛，看上去很舒服的样子。

“姐姐，它是很久没有被爱过了吧？”他把胖嘟嘟的小手轻轻盖在了小猫的头上。

不知怎么的，我的眼泪突然开始在眼圈里打转。“所以我们以后有空就一起爱他吧。”我说。

“它很久没有被爱过了吧？”这句话在我脑子里转。我们又有多久没有被爱过了呢？

冬天的夜，夜空深邃幽蓝。今天是北京入冬以来最冷的一天，据说有八级大风。

我牵着他胖嘟嘟的小手往楼道走，他的小手已经很凉，一直凉到了指尖。“你知道什么是爱吗？”

他扬起脑袋，左晃右晃。“就是非常喜欢啊。”说完他又垂下了头，“我觉得爸爸就不爱我。他总是对我大吼大叫的。要是爸爸爱我，是不会对我大吼大叫的。”

我蹲下身，抱了抱他，“姐姐爱你呀！”

那个初冬的夜，我总会想起他被风吹红的脸蛋和奶声奶气的话。

所谓爱，不过就是好好说话。这么简单的道理，一个7岁的小男孩都懂，而我们成年人却很多时候都不懂。

4

周末，我和小西相约楼下小花园晒日光浴。

我们坐在花园的长椅上，他神秘兮兮地把他的书包捧在胸前，说："姐姐，我有一个礼物送你！"

他拉开书包拉链，从里边掏出了一个小黄人的钥匙链："这是我美术课得的奖品，有两个，给姐姐一个。"

"谢谢啊！"我郑重其事地接过了小黄人。

"姐姐，我可以问你一个问题吗？"他两条腿耷拉着在长椅上晃荡。

"可以啊。"我把钥匙链拴到了钥匙上。

"姐姐，长大以后，还要靠分数过关吗？"

"不需要了，长大以后要靠头脑，靠智慧。"

"那很好啊。那姐姐你有什么办法能让我快点长大吗？我不想当小孩了，我想长大。"

"这个没什么办法的，等时间过去，你的外壳就渐渐长大了。"

"那姐姐你的时间过去得多，能不能借给我一点加到我的时间里，这样我就可以快点长大了！"

我有点不知道该如何回答这个问题。远处，小西的奶奶正在和另外一个老人聊天，说话间传来阵阵笑声。

"这个目前科技还不行。姐姐虽然长大了，但是好多问题也不知道答案。但是你不要着急，时间都会慢慢告诉我们答案的。"跟小西聊天久了，我说话也变得柔软了起来，"嗯，对了。小西长大想做什么呀？"

"我想做一个画家，把大自然的美景都画出来。春天看看花，夏天就去游泳，秋天捡银杏叶，冬天堆雪人。这样过一辈子就行了。"

人的一生该如何度过？这是一个哲学问题，却被一个小孩说得如此清净。

原来，长大就是一个失去的过程，失去了天真，失去了想象力，失去了挑战人生的各种可能性。而孩子，却能了解自己的内心。

“姐姐呢？”他的眼睛忽闪忽闪。

遇到这个小孩，我仿佛遇到了7岁的自己。

我重新用他的眼睛看这个世界。

这个世界仍然充满好奇、期待、可能性。

愿你我，都能再和7岁的自己重聚。

重症病房里的夏至未至

十年饮冰，难凉热血。

——梁启超《饮冰室全集》

我在QQ邮箱里收到一封电子邮件："愿司机一生努力，一生被爱，想要的都拥有，得不到的都释怀。"落款的名字似曾相识，但我想不起来。

已经很少有人会用这个古老的方式送祝福了，我继续往下翻，看到一个女孩穿白大褂的照片。我猛然想起来，原来是她，她终于实现了自己的梦想。

她的故事我写了很久，写了删，删了写。很多读者说这个故事又悲伤又欣喜，我写的过程里，却是充满了温柔的。

1

我在石家庄的学校距离北京有293公里，高铁只需要1个小时12分钟，但是我从来没坐过。

128.5元和43.5元，G和D打头的火车，比K和T打头的火车，省出两倍的时间，也多出了两倍的钱。

花钱真的可以买时间。

如果有钱，就可以买别人的时间，来节省自己的时间。

你可以去饭店吃饭，节省做饭的时间；你可以请保洁，节省打扫的时间；你可以打车，节省坐公交的时间。

工作是把时间卖给单位，消费是把时间买给自己。

人的一生归根结底就是在买卖时间。

十二点二十八，火车还在缓慢地进站，已经晚点12分钟。听一个抱着孩子的阿姨说，K打头的车要给G打头的让道儿。

我透过宽大的玻璃看北京，浓稠的雾霾缠绕着城市的高楼，影影绰绰。北京浸泡在雾霾里，阳光照不进来。

隔着窗户，我胸口都觉得闷。

这是2018年的暑假，我23岁，即将大学毕业。社会在向我招手。

今天我来北京找我妈，因为6岁的弟弟生病，她要回老家照顾，但工作不能丢，北京的活儿需要找人顶，于是我就来了。

我妈是北京某民营医院的清洁工，听说这边管清洁工叫“保洁阿姨”。我一路都在想，保洁阿姨是不是就是擦擦地、扫扫地、捡捡垃圾？

突然想到小时候我妈骗我做家务时总说：“一屋不扫何以扫天下。”

这么说，我妈北漂10年，扫过的屋大概可以环绕“天下”几圈了吧。

2

医院里，悠长的走廊长得看不到头，尽头有扇窗户，阳光照不进来，只能看到明晃晃的白。

北京的楼很高很密，很多窗户失去了“采光权”，这跟我老家不一样。我老家的楼最高六层，南北通透，住啥户型采光都好。

医院二楼西侧是重症病房区，病房从201排到210。我总感觉，这块儿的消毒水味比其他楼层都刺鼻。

我在窗户口擦窗台。走廊里静悄悄的，只能听到我拧抹布时细细的水流滑进水桶里的哧溜声。

“你一天想那么多干啥啊？有用吗？你就养你的病得了！”202病房里，东北男人的口音很重，语气也很重。

回应他的是空白的寂静。他老婆得了白血病，发烧两天，一直昏迷，今早才醒。

我拎着水桶走过，看到了202病房里的女人。瓜子脸，很白，极瘦，化疗已经让她的头发快掉光了。坐她旁边的男人低着头，按着手机，皮肤黝黑。

我放下水桶，往对面的209病房里瞅。

209病房的女人也是白血病，她小圆脸，下巴上有一颗痣。一个瘦小的男人坐在床头，左手端个碗，右手里的勺正送往干瘪女人的嘴唇。女人笑得开心，酒窝很深。她老公是个北京人，看着温柔。

202和209正对门，住着两个得了白血病的女人。

202病房里总弥漫着压抑的气氛，而209病房里总是一片祥和。

小时候我妈也说，男怕入错行，女怕嫁错郎。恋爱都没谈过的我，好像有点儿明白那话的意思了。

婚姻啊，没事儿的时候，自然就相安无事，要是真遇到点儿什么事儿，你就知道枕边的到底是人还是鬼了。

202病房的男人有一米九，209病房的男人不到一米七。

我时常看到两个身影在病房门口徘徊。小个子男人经常用纸和笔认真地记录着什么。高个子男人通常都在玩手机，要么就是打电话，有时候急了，对着手机破口大骂。

每次路过，我都会两个房间各看一眼。

202的女人基本是静静发呆，209的女人时常看着iPad咯咯笑。

拎起水桶，我迈着细碎的步走开。人间百态，世态炎凉。怪不得鲁迅先生说，学医救不了中国人。

日子匆匆地过，我来医院一个月了。

医院里，每天都有新面孔出现，又有老面孔消失。有的人脸上伤悲，有的人也会说笑。很多人就在这生死之间，来去匆匆。

一个月，202的女人瘦了一圈儿，209的女人胖了一圈儿。

202的男人还是经常抱怨，甚至有一天，一身酒气的他突然扯住查房医生的领子说："必须给我治好知道不？不然我一把火把你们医院点了！大家都别活！"

209的男人脸上依然带着微笑，不急不慌，几次路过，我都听到榨汁机的声音，男人在给女人榨果汁。

3

那天下暴雨，厚厚的雨帘在窗口肆虐。医院门口的大树也站不住了，一扭，栽倒在地。

我和同宿舍的于阿姨坐在食堂里吃饭，她说202病房的男人跑了，没钱治病，就把老婆一个人扔在了医院。

于阿姨情绪激动地说：“夫妻本是同林鸟，大难临头各自飞啊！你看202病房的那家男人，长得五大三粗的，遇到事儿了吓尿了吧！”

我咂下嘴里的面条，点点头，没回应。

学校里教我们正义和爱，关于人性的恶，我知道得太少。

“你再看人家209的那个小李，对老婆多好啊！好吃好喝伺候着，洗脸、擦身、按摩，一天没落下！”于阿姨继续说。

半年前，于阿姨的老公出轨，我来这一个月，听她絮絮叨叨地骂了一个月的“男人都不是好东西”。

“主任，出事儿了！您快去看看！”一个小护士跑进食堂，高声冲着主任医师陈大夫喊。

食堂里顿时一阵骚乱，几个医生放下筷子都往外跑。

“快走，看热闹去！”于阿姨吆喝，拉着我也跟着往楼上跑。

黑压压的人群堵在二楼楼梯入口，光线更暗了。

二楼西侧的人已经围得水泄不通，哭闹声很大，但听不太清在说什么。

我挤到了前边，209病房的门敞开着，两个中年妇女瘫坐在门口。

身穿黄格子衬衫的女人靠近门，双手拽着对面中年女人的衣服，头无力地垂着。

“你儿子王八蛋啊，我闺女都这样了，你儿子不仅把钱骗走了，房子也骗走了，居然还找了个小三啊！太不是人了！”

穿黄格子衬衫的中年妇女是209病房女人的妈妈，被她拽衣服的是女人的婆婆。

婆婆也哭：“造孽啊，造孽！这王八犊子也没跟家里说啊！”

209病房的女人平躺在床上。她的脸扭曲着，大口呼着气，胸口剧烈起伏着。

陈大夫压着她胸口，旁边的护士手忙脚乱。

202病房的女人扶着门，也在看。她把头靠在门框上，眼泪跟着流。她大概在对门病号的境遇里，看到了自己。

“我还真以为你儿子变了，知道聪聪有病就收了玩的心。没想到狗改不了吃屎，狗改不了吃屎啊！”

“对不起你啊亲家，我要是找到那王八犊子，我肯定收拾他！”婆婆依然被扯着，裙缝间的线已经被拽开了。

围观的人窃窃私语，唏嘘不断。三个保安上楼把人群驱散，209病房的女人被推出病房，送去了抢救室。

两张脸在我脑子里重叠错位，209病房女人咯咯笑的脸和现在扭曲到一块儿的脸。

我在急救室门口对面擦着窗台，心里慌慌的。

大概下午三点，急救室的灯灭了。门口哭声一片，209病房的女人心脏病突发，死了。

我眼泪也在眼眶打转，心里默念，“209，你到孟婆那里一定要多喝一碗汤。希望你在天堂，会有一双温暖的手带你在天空翱翔。”

陈大夫说，这女的本来恢复得挺好，没想到一股气儿上了心头，人没缓过来。

209病房的女人27岁，得了白血病，却是心脏病走的。

她那个看上去温柔儒雅的老公，不是真的想治好她。他在一沓病人手术单里夹了离婚协议书，女人没在意，一个一个心无芥蒂地签名，也就捎带着签了离婚协议书，上边明确写着：女方自愿放弃所有房产和财产。

209病房的男人带着离婚协议书，把房子车子都卖了，账户里的钱也取了个精光，带着小三远走高飞了。

“这209的女人命太苦了，男人没一个好东西！”于阿姨在宿舍里念叨。这事儿本来跟她没啥关系，但她每次说起209病房的男人，都咬牙切齿。

209的女人过世以后，于阿姨逢人就讲，逢人就骂。

4

芒种已过，夏至将至。

空余时间，我都在医院宿舍里看书。我弟病快好了，我妈说她明天就回医院。

最后一天在医院，我拎着塑料水桶路过202病房。

202的女人依然孤零零地望着窗口，她手里拿着一个录音笔一样的东西，贴在耳边。她又瘦了一圈儿。

209的女人过世以后，那个病房一直没人住。

202的女人依然在接受治疗，幸好她那个骂骂咧咧的老公没有把账户里的钱取走。她还有些钱，可以再多买一些时间。

我妈回到了医院，我用这一个月赚的钱，买了一张高铁票，二等座，剩下的钱给了我妈。

既然花钱可以买时间，我要早点回学校，好好准备毕业论文。

回程的路上，眼睛里的绿色渐渐多了起来。石家庄的雾霾不比北京的轻，同样灰蒙蒙的。但好歹能看到绿色，绿色代表希望。

我打开手机，于阿姨给我发了8条语音。

我打开听她说。

202的高个子男人回来了，他去山西煤窑打工了，说是挣了一笔钱，回来给媳妇交了治疗费。

202的男人其实就是脾气不好，但也是看到媳妇生病太着急了。

202的男人真是个好男人，给媳妇录歌儿，鼓励妻子战胜病魔。

听完，我“哇”的一声哭了。我趴在餐桌上哭，头发都湿了，粘在嘴边。

我突然想起202病房女人手里像录音笔一样的东西，原来真的是录音笔。

于阿姨又给我发了一张照片，画面上，202病房里，黝黑的男人和白皙的女人都笑得很好看，男人手里拿着把扇子，正在给女人扇风。

在切身利益面前，并不是所有人，都会忘记爱和正义。

半年后，我妈给我发微信说，202病房的女人出院了，她找到了合适的骨髓，后来恢复得很好。

丁阿姨也给我发微信说，她结婚了，对方是医院的保安。

她给发了张照片，拍的是喜糖还有红鸡蛋。

“以后要做啥呀？”我问。

“护士啊，医院的这一个月，改变了我的人生规划，我的梦想就是做一名护士。202病房的事儿也让我明白了一些道理。人性本善，只不过表达方式不同。而且人生在世，总有感人的事儿，也有气人的事儿。你选择了什么路，就得接受这条路上的风雨，有风雨，当然就会有彩虹。”她笑得很好看。

医院，一个道德与利益、爱与恨交织的地方。人情冷暖，生死离别，每天都在这里上演。

愿你记得感动，始终拥有一颗爱人之心。愿每个人都被岁月温柔以待。

婚纱与一口锅

我享受过美妙的夜晚，但今晚不是。

——格劳乔·马克斯

2018年9月4日，我在朋友圈看到李倩的消息。她穿着白色的婚纱，画着浓重的妆。一旁的男人低着头，看不清表情。

我不知道那是不是王硕。我心里觉得不是，但是男人漫不经心的样子又像是他。

1

3月末的北京，偶尔一棵柳树抽满绿芽，仿佛在宣布时令。

冬去春来，季节交替的时节最为荒凉。冬天的冷伤皮肉，初春的寒伤筋骨，只有挺过来的，才能拥抱春天。

下午五点，天快黑了，李倩裹紧外套，从一间婚纱摄影工作室走了出来，脸上还带着浓厚的妆，像一个刚从片场出来的临时演员，走在街上。

"最近的地铁口应该往北走，大概1.5公里，挺远的，我得骑个小黄车去。"李倩心里想着，便就近找到一辆ofo。

扫码，解锁，骑上车，把包包挂在车把手上。

李倩从来不把包包放在车筐里，她总担心遇到飞车贼，或如网上所说：小偷从背后叫你，你一回头，同伙就把包拿走了。虽然她的包里只有一支225块钱的口红，Dior的，烈焰金唇。还有一个钱包，钱包里倒是没什么钱，但有张她和王硕的照片。

对了，还有一对胸贴，一个月前她从网上买的，就为了今天拍婚纱照。

今天风大，又是顶风，李倩鼓着腮帮子，使劲儿蹬了两下。

"咔嚓！"脚下一松，链子断了。李倩刹车下来看情况。又一股风来，卷起的不知道什么东西打在她的脸上。她扔了车，摸摸脸，什么都没有，只抹下来一层浮粉。

"风这么大，还不是你自找的！"李倩怪自己，"妈的！打车！"她想着，来北京三年了，一次车都没打过呢。

2

李倩的老家在山西农村，家里姐妹三个。这种家庭结构一看就是重男轻女，想要儿子的节奏。没错，她爸妈连着生了三个女娃之后，生不起了。

比两个姐姐幸运的是，李倩一直读到了大学。不幸的是，老爹把她当男孩养，张嘴闭嘴喊她儿子。

刚上大学那年，老爹一直把她从村口送到县城的火车上，嘴里不停叮嘱着："儿子，没考到北京不怕，你到黑龙江也要好好念书，毕业之后咱再去北京工作，这叫啥哩？这叫迂回战术。爹给你买的票是从北京中转，中间有两个钟头时间，你抓紧去看看天安门城楼，到了东北好好念书，心里得有个奔头知道不？"

李倩在北京西站下了火车，距离换乘的北京站还有9公里，坐公交得50分钟。北京人真多啊，上了公交，她紧紧抱住自己的行李包。这可千万不能丢，里面有十几个馍馍，两斤枣子，还有地道的老陈醋咧。

路上堵车，赶到北京站时，已经开始检票了。

这是李倩第一次来北京。嗯，火车都差点没赶上，还去什么城楼。

大学四年，李倩成绩不算优异，但是几乎没旷过课，也没挂过科。跟室友们相处得也挺好，尤其是睡在她上铺那个好吃懒做的老八。有时候老八的臭袜子掉下来，她都会洗干净再还回去。

有些人的美好就像小太阳，暖到你心窝子里去。

李倩唯一的爱好是动漫：柯南、火影、海贼王她都看，最爱的当然是路飞。每个月400块钱的生活费，她总能省下来一点买海报。

毕业那年，没心没肺的老八亲手画了一幅素描画送李倩，画上的路飞嘴咧得很长，露出大牙对她笑。她用一层透明的塑料纸封在了画上，卷成筒带回了老家，接着又带去了北京，现在就贴在她和王硕那间小卧室的墙上。

2015年，她又一次带着父亲的嘱托登上了火车。

“儿子，在北京好好工作，稳住脚，扎住根儿！”

李倩一到北京就投身于找工作的大潮，她的100多份简历除了不匹配就是石沉大海。只有一家打字复印社愿意聘她当文员，工资只有3500元。

她想了想决定接受，毕竟北京的网吧太贵了，一小时8块，没钱怎么看动漫？

工作不到一个月，老板发现她上班的时候投简历，当即辞退了她。当然，工资嘛，一分没有。

北京啊北京，夜里灯红酒绿，白日车水马龙。

后来李倩和王硕聊起初到北京时的窘境时说，我也不求什么大富大贵，只想取北京白日的一碗水、夜里的一盏灯。

3

生活总要过下去，李倩应聘成了肯德基的一名临时工。老爹打电话来问时，李倩说在肯德基公司，老爹很高兴：“一听就是大公司嘛，我儿子有出息哇！”

那时的李倩心里痛，她觉得这是忽悠她爹。

三个月后，李倩转为正式工，还当上了组长。一年后，她向经理提出了辞职。

经理仿佛知道她心中所想，积极挽留：

“啊呀！你现在辞职，这个月的津贴可就都没有了！

“哎，你也知道肯德基是全球连锁的企业，规模不同于其他餐饮，在这工作没什么丢人的！

“而且啊，肯德基员工的晋升模式跟国企一模一样，你现在只是在基层罢了，以后升职加薪的机会有的是。这样吧，我跟店长申请一下，让你先升到经理助理，等你坐到我这个位置，就好过多了。

“对了，咱华联店有个员工，跟你是老乡，小伙子特别踏实能干，我早就想介绍给你认识了，晚上我让他来我们店，你们见一见。

“一个姑娘在北京不容易，多个朋友，能多帮衬一下。”

所谓御人，一个肯德基经理，德、术、道、谋兼备。

李倩就这样认识了王硕，一米七八，偏瘦，皮肤不好，脸上很多痘痕，可能是青春期来得过于猛烈。他戴着一副近视眼镜，蓝色的镜腿几乎褪成了白色。

他们的第一次约会就在肯德基，李倩也就这样留在了肯德基。

相处之后，李倩发现他不爱说话，不爱沟通，不抽烟不喝酒，也没有任何应酬。

没有什么不好，就算好的吧。

李倩升到了经理助理，每月固定工资5000元，当然，还是那么辛苦。王硕是另一个店的组长，每月拼命加班，能拿到6000多。肯德基员工每月工作超过167小时之后，时薪1.5倍，夜班还有额外的津贴。

4

一年之后，两人决定同居，一方面可以增进感情，一方面可以共同承担房租。

二人看中了一个半地下的合租房，一个月才2000元，虽然破旧一点，但足够大，还有一个小阳台，一半在地上，一半在地下。

王硕一下就相中了这个小阳台，他打算把这个小阳台改成厨房。

两人欣喜地张罗着搬家，李倩终于逃离了原来的小隔断，把所有的行李物品都带过来，像布置新房一样，把每一个物件都妥善安置好。

王硕来的时候，李倩笑得前仰后合，他背着一个旅行包，左手一个电饭煲，右手一个大黑锅。

王硕说："民以食为天，以后啊，我给你做饭吃，能省不少钱。我这锅做饭可好吃了，一般人我还不给他用呢。"

那一刻李倩觉得，找一个愿意给她做饭的男人，幸事矣。

二人的小日子虽有磕磕绊绊，但也算和平。

王硕很少和李倩吵架，生气了就一个人闷头玩手机，一句话都不说。每次都是李倩跑到他跟前做鬼脸，他才能勉强笑那么一下。

但那一次争吵和每一次都不同。王硕怒了，仿佛要吃了她。

爆发激烈争吵的原因是李倩煮了方便面，偷懒没有刷锅。

王硕一进厨房，看到沾满油渍的锅，顿时气不打一处来，脸憋得发紫，拎着锅就往卧室冲，噼里啪啦说了李倩一顿。这是李倩第一次见王硕生这么大的气。

李倩虽然也生气，但确实是自己做错了，也就没有计较。

以后李倩每次用完锅，都学着王硕的样子，仔仔细细把锅洗干净，洗完了用干净的抹布在锅里转一圈，然后擦锅的外延，最后是锅底。

随后晾干，盖上盖子。恭敬地把锅收好，放在橱柜里。

日子一天天过去，突然有一天，经理不知什么原因调走了。于是，李倩如愿以偿，坐上了经理的位置，工资又高了一截。

临近春节，腊月二十三，小年。李倩跟王硕商量回家过年的事，王硕说他打算留在北京过年。

“那你打算什么时候跟你妈商量一下我们的事？”

“傻丫头，春节三倍工资，我初三就回去。”

但是第二天，王硕就不辞而别。直到晚上十点多，心急如焚的李倩才收到王硕的微信：“老家有急事，回去处理，没来得及跟你说。春节后，初五回京。”

李倩想，以王硕的个性，他不想告诉别人的事，问了也白问。估计是家里亲戚有什么事，就提前回去过年了吧。所以她就没问王硕是什么急事，反正过了年，初六他们就能见面了。

大年三十，李倩带着满满的收获，与盼望着她的家人们，度过了2016年的最后一天。

李倩仰望着天，一年只能见一次的蓝。

5

李倩和王硕原本约好初五回北京，王硕突然来电话说初五回不来，初六回。

李倩求之不得，能多在家待一天。

初到北京时的艰难，让她偷偷恨过老爹，北京有什么好，非要我来？现在看着老爹吧嗒吧嗒抽着旱烟，逢人便说我家三丫头如何如何，她心里又高兴，又难过。

她知道大学时的学费是怎么凑的，更知道那每月400块的生活费是怎么来的。

可怜天下父母心，不管这东西你想不想要，我觉得好，就要拼了命给你。

但是对于儿女来说，我不知道这东西好不好，这东西我也不想要，我只知道你是拼了命地对我好。

李倩回到她北京的小家时，吓了一跳，屋子里的水没到了脚踝，王硕满脸胡茬，眼圈通红，呆坐在椅子上。

“这是怎么了？你没事吧？”

“前两天下雨，外边排水不知道咋堵了，屋子里回水，地板全泡了。”王硕的嗓子像生锈的锯条一样沙哑。

“哦，没事，一会儿我收拾！”

李倩放下行李，走到王硕身边，抱住他。王硕把脸埋在李倩肚子上，像个孩子一样啜泣。

“老爷们儿哭什么，这算个屎事！”

“那房东来了，不得让咱赔钱啊！”

“破地板又不值钱……你到底怎么了？”李倩还是觉得王硕不对劲。

“没事，就是想你了。”王硕仰起头，看着李倩的脸，眼泪又要掉出来，赶紧把头埋回去，“再让我抱一会儿，想死你了……”

王硕从来没有对李倩说过这样的话，李倩心里得意扬扬，“看你平时像个木头一样，抵不过小别胜新婚吧？”

李倩不知道，这个北京，王硕一天都没爱过。他伤心难过的，是他前所未有的孤独和无助。

第二天房东来了，说不是他们的责任。主卧那个“三和大神”懒到家了，从窗户往外丢垃圾，垃圾把排水道堵了，也快把窗户堵了。

为庆祝新的一年，李倩决定亲自下厨，王硕想帮忙，李倩不让，“今天你就像大爷一样等着吧！”

最后一个菜是蒜蓉油麦菜，出锅的时候手没拿稳，锅摔在地上，盘子打了，刚出锅的菜都扣在了李倩只穿着人字拖的脚上。

“啊！”滚烫的菜盖住了她的脚面，猛烈的灼痛让她叫出了声。

王硕闻声赶来，看到趴在地上的锅，瞬间崩溃。“你在干什么？！”他赶紧里里外外给锅做了个体检，确定没坏之后，指着李倩的鼻子说，“我告诉你，这锅是我从老家带来的，跟我在北京快6年了！当年我爸把家里所有的东西都扫走了，就剩下这么个锅，我妈给我带上时说，‘在外面不管咋样，有这锅，就能煮碗面条吃’，这锅可千万不能给我弄坏了！”

李倩愣愣地看着眼前的王硕，他神神道道，眼睛里闪着泪花。她顾不得脚上的疼，一个劲儿跟王硕道歉。

很多爱情，总是一个愿打，一个愿挨。

王硕推开李倩，开始认真地洗锅，一边洗一边自言自语："你说我妈没有锅咋吃饭呢，我觉得我妈不是病死的，是饿死的。这锅不能坏，我得用它做饭吃呢，不然我妈该以为我挨饿了呢。”

李倩这才知道，王硕他妈已于春节前去世，年前他的不辞而别，正是赶回去看他病危的妈妈。

她瞬间原谅了一切，原谅他刚才不顾她的烫伤，还那样指责她。

眼泪一下子涌了出来，不是为他母亲的去世，只是出于对眼前这个男人的疼爱。她的心一下子无比柔软起来，像一个母亲，想把所有的爱都给他，想用所有的力量去呵护他。

她也隐隐觉得，这个男人的内心，该有多隐忍啊，这么大的家庭变故，他居然都没有告诉她。

还有那口锅。从此以后，它在王硕心里的分量，无疑是更重了。

6

2017年年底，王硕跟李倩一起，回李倩老家过年。王硕的家已经支离破碎，李倩想用自己的家去温暖他。

而且，他们结婚的事也该提上日程了。结婚前，王硕总得见一见李倩的父母。

电视里放着《春节联欢晚会》，屏幕上偶尔跳出一道道雪花。老妈陆陆续续上了一桌热腾腾的饺子，还有山西人离不开的老陈醋。

老爹吧嗒着旱烟，招呼着王硕吃饺子。吃饭的时候，他像是自言自语，又像是故意说给王硕听："我这三丫头啊，最有出息了，你俩在北京好好干，以后你们的娃娃直接在北京念书，就再也不用回这山沟沟喽。"

"叔叔，我们没有北京户口，我们买不起……"

"吃饺子！"李倩打断王硕。

老爹不懂那些，老爹就这么一个梦而已，何必说破呢？

老爹嘿嘿干笑两声："我知道北京房子贵，我们也不要房，只要你好好对我女儿，两个人踏踏实实在北京工作，就行喽！"

在北京，有什么好？王硕不说话，闷头吃了一盘饺子。

夜深了。农村的夜晚，格外安静。王硕躺在热乎乎的炕上，脑子里李倩老爹的脸，和自己父亲的脸，交错着，渐渐重合。

父亲曾对自己说："儿子，在北京好好干，爸后半辈子就指望你了。""儿子，等你在北京买了房，爸就去伺候你，再也不赌博了。"

他觉得李倩老爹跟自己的爹一模一样，偏要把自己的梦强加在儿女身上。

他又觉得哪里不一样，毕竟李倩还有个老爹，而父亲呢？那一年因为赌博，变卖了家里的房子和所有的东西，就剩下一口锅，然后这么多年，生不见人，死不见尸。

大年初二，大姐二姐带着姐夫和娃娃们回门，家里更加热闹了。

一家人已然把王硕当成了亲人，姐姐们给他夹菜，姐夫们张罗着喝酒，孩子们嘴巴甜甜地叫他小姨夫。

王硕白天觉得温暖，晚上觉得心寒，冷暖交替，折磨得他分不清现实还是虚幻。

像梦游一般，婚事就这样定了下来。临走之前，老爹把王硕叫到院子里，一口一口吧嗒着旱烟，半天不知从何说起。

"王硕啊，伯伯知道你家里的情况，我们不要房子，也不要彩礼，俺就要求你对俺闺女好，一定要待她好，她呀，是俺们一家子的骄傲。"

"知道了伯伯。"王硕沉默了半晌，觉得应该回复一句。

返程的火车上，李倩靠在王硕的肩膀上，唠叨着结婚的琐事。

"回去先拍婚纱照，然后再研究蜜月的事情，一样一样来，不能急，毕竟第一次结婚没有经验，下次就好了哈！"

王硕看着窗外，淡淡地应承着："嗯，是。"

李倩用拳头怼他："你还想有下次？"

王硕的目光还在窗外飘摇。李倩爹就想让他们留在北京生活，而他觉得在北京的每时每刻都是煎熬。

该不该跟李倩说呢？说出自己的想法？说出来两个人也没

什么解决办法。算了，别说了。

人总在不知不觉中，开始了下一阶段的生活。

7

一到北京，李倩就忙着在网上找影楼，对比价格。听同事说，那种私人创业的小工作室性价比高，服务也好。她左挑右选，找了个大学生创业的摄影工作室，刚开业没多久。

她挑了一个最便宜套餐，内景两套，外景两套。然后又搜索拍婚纱照的准备事项，才认得了胸贴这个东西。

她还专门查了天气预报，特意选了个有风的日子。她觉得拍外景时，风把婚纱的裙摆吹起的样子，很美。

前一天晚上，王硕夜班，李倩让他请假好好休息，他不肯，说扛得住。

李倩一个人在家没吃饭，想临时饿瘦一点，也不敢喝水，怕第二天脸会浮肿，给自己贴了个面膜，才睡去。

梦里，微风掠过，海天一色，她像一朵掉在海面上的云，随着海的波涛，穿着洁白的婚纱奔跑，柔软的浪花打在她的头纱上，在阳光下绽放着华光。

不远处的王硕，在静静地微笑。

一早，李倩倒了三趟地铁，在一个创业园区找到了这间工作室。

工作人员细心地为她打扮。俏皮的发髻，精致的面妆，26岁的活力都展现在她的脸上。

就等王硕下班过来选婚纱了，等穿上了婚纱，她就是最美的新娘。

可是王硕没有来。难道他忘了今天的事？不可能！还是他太累睡着了？不会是出事了吧？李倩被自己的念头吓了一跳。可是他电话怎么总是无法接通呢？

李倩故作轻松地给王硕的店里打了个电话，同事说王硕今早一下班就走了。

她又给“三和大神”发微信问王硕有没有在家，“三和大神”破天荒地起来帮她去敲了敲门，告诉她没有在家。

李倩为他想着各种各样的理由，直到天将黑了，她才意识到，他不会来了。

“司机，他这次真的太过分了！”

“嗯。”我实在不知道怎么去安慰一个被逃婚的女孩子，我拉着她找了好几个地方，故事听完了，还是没找到那个不辞而别的男孩。

“他消失了，我也离家出走，也让他知道找不到我的滋味儿！”

可是去哪里呢？同事家肯定藏不住，在北京又没什么朋友。去老八家吧，听说老八毕业之后回山东老家教书了。

李倩迅速在手机上订了张去济南的火车票。

“司机，一会儿到我家，你等我一会儿行吗？我收拾一下行李，去南站。”可能怕我不同意，她又说，“我大概十分钟，到时候多给您付10块钱，行吗？”

“不用，我正好要去南站接个朋友。”

李倩下了车，我眼看着她走进了单元楼，微胖的身子一截一截矮下去，有些发抖。

我在座椅上小憩，没过两分钟，李倩就出来敲我车窗了。

我摇下车窗，问她需要帮忙吗。

她说：“不是，我不走了。”

我笑笑，说：“哦，他在家呢。”

“没。”

“嗯？”

“锅……锅不见了。”

打官司的13岁男孩

别想了，这个世界本来就没意义。

——叔本华

我曾连续三天都拉了同一个乘客，她有很多故事要跟我讲，于是我们约好连续三天一起上下班。她是专打离婚官司的女律师，遇到千奇百怪的案子数不胜数，最令我震惊的还是下面这个故事。

婚姻生活的壮观，不只是男女双方的博弈。有时候，被生活过早催熟的孩子也会参与进来。

1

又办完一个案子。

我走出法院，低垂的雾霾堵在前面，我吁了口气。这个离婚官司前前后后打了一年，终于搞完了。

我踩着8厘米的尖头高跟鞋歪歪扭扭地走，每次迫不得已穿高跟鞋，我都忍不住在心里骂："这踩的哪是鞋啊，简直是针尖！"

不过，自己买的"恨天高"，疼也得咬牙走下去。

上了车，我把包扔在后排，踢掉了高跟鞋，踩上我舒适的平底鞋。拧开音响，重金属音乐轰隆隆地响起来，我跟着音乐摇摆。从这一刻开始，我要狂嗨一个星期，爽！

车上了三环，我脑子里筹划着美好假期，兴奋得直甩头。

正在此时，手机响了。

"您好。请问是蒋姐姐吗？"清脆的儿童声从电话一头传过来。我关低音量，又看了眼手机屏幕，是个陌生号码。

"你是？"

"蒋姐姐，我是杨爽的朋友。"

我脑子"瓦特"了一下，杨爽，一个熟悉而又陌生的名字。我神经大条，常忘记很多人，尤其客户。

"朝阳二中的杨爽，您帮她妈妈办了离婚的。"他提醒。

朝阳二中？哦，我想起来了。小孩儿口中的杨爽是我今年1月做的一个法律援助，女孩家境贫困，母亲是聋哑人，母女俩相依为命。她妈妈想跟爸爸离婚，并要一笔赔偿款。

意识到是个小孩儿，我立马声音软了下来："我知道了，那你找我有事儿，小朋友？"

"我想，请您帮我打官司。"

我是蒋晨，1986年生，上个月刚过完32岁生日，一个半路出家的离婚女律师。

"姐姐要去度假了，等姐姐回来找你哦！"不管是谁，打扰我的假期是不可能的，任何人都不可能。

说了“抱歉”，我直接挂了电话。

这事儿要是搁在5年前刚入行的时候，我肯定立马嘘寒问暖，恨不得一腔热血都奉献给维护社会公平和誓死捍卫女性权利的大爱事业里。

现在，我依然是个一心一意维护当事人合法权益的好律师。但公平和正义？这种形而上的东西，太高大上了。

高处不胜寒，做个俗人挺好。

所以每办完一个案子，我就只想好好享受假期。

2

车下了四环，拐了两个弯，到了我住的高档小区门口。停车杆刚开了一半，我的刹车刚松开，突然有人冲到了我车前。

一个刹车，差点没踩住。我的心到了嗓子眼儿。

“小孩儿你不要命了！”我摇下车窗，对车头前的小男孩吼道。

他低着头走过来，低声说：“我叫李海，律师姐姐，我刚给您打了电话。杨爽告诉我的，您的车牌号和家庭住址。”他说着从手机相册里翻出一张照片，递过来给我看。

后边的车喇叭声此起彼伏。“上车吧。”我很无奈地说。

我转方向盘，从镜子里看他。蓝色方格衬衫，水洗牛仔裤，小平头，眼睛挺大，樱桃小嘴，脖子上还挂着个亮闪闪的钥匙。

“喂，小孩儿！”

“我叫李海！”他猛地抬起头强调，小嘴嘟着，脸上的线条很清晰，带着点倔强的感觉。

“哎呀，就是个称谓嘛，你叫我‘喂，大人’也可以啊！”他瘪了瘪嘴，大概是嫌我粗鲁。继而又低下头，换了个语气：“我叫李海，不叫小孩儿，姐姐。”

我先是一愣，“行行行，李海你好！那个啊，姐姐不是不帮你……”

我话刚说了一半，他就打断了我：“姐，您就帮我吧。我妈妈快死了，如果您不帮我，您就是见死不救。杨爽说您是有正义感的人，不会见死不救的。”

不得不说，这句话实在高明，首先肯定了我的正义感，然后又给了个见死不救的罪名，让我骑虎难下。

对我这个耳根子软的人来讲，说软话有绝杀效果。

“这么严重？那你说说吧。”车停好，到了我家。这说到生死的事儿，我也有点儿好奇，难道是个大案？

他在门口，我已经进屋了，我把拖鞋扔了过去。

他低着头，盯着拖鞋，半天没进屋，我正奇怪，听到他低声说：“姐姐，还有其他拖鞋吗？就是那种前面能包住脚的拖鞋。”他用手画了个弧度，比画着，补充说。

奇怪的小孩，这什么癖好？我又掏出一个拖鞋给他。

后来他出门时我才发现，原来他两个袜子前面都磨出了几个洞，指甲也很长了。

“我妈出车祸后，左腿截肢了，生活不能自理，也不能说话。我爸把肇事者给的赔偿金偷偷领走了。我妈的药快用完了，我爸不给我妈钱，也不给我生活费。姐姐，你能不能帮我要回赔偿金？还有，帮我爸妈离婚。我想好了，我跟我妈。”

李海一口气说完，流利的程度让我惊讶。真的是一口气说完的，案情并不复杂，也不是什么大案。但是他语调平静，没有太多的悲伤，这让我很惊讶。

表达生活的灾难时，越是不动声色，就越让人心疼。何况是个小孩儿。

说完，他右手攥着脖子上的钥匙。由于拽得紧，脖子上勒出了一道红印。

我试图伸过手去摸他的肩膀，他往后躲了一下，大眼睛扑闪着看向我。

空调的冷气正挤满房间，我看着小孩黑黢黢的小脸问：“你几岁了？”

“13岁。”

3

我到了李海家，一推开门，屎尿味儿冲进鼻子，我忍不住咳嗽了两声。

这是一间半地下的房子，昼夜难辨。不开灯，家永远都是黑的。

李海大步朝前走，熟稔地找到灯。昏黄的灯亮了，眼前的场景令我瞠目结舌。

是的，就是这个词，瞠目结舌。这么多年的律师生涯，没啥是我没见过的，但这是我第一次用到这个词。

我尖细的高跟鞋甚至很难找到一块没有杂物的地面。

房子里堆了很多杂物，满满当当。角落里还摆着一盆张牙舞爪的绿植，叶子都黄了，干枯的土渍甩在发黄的墙上。

客厅中央，是一张铺着白色床单的双人床，床单黑黄难辨，上面躺着个短头发的女人。

走近看，她穿着灰色的秋衣秋裤，嘴巴微张着，口水已经流了一枕头，眼神空洞地看着低矮的天花板。

李海走上前，把女人的头放在自己膝盖上，用白色的棉签蘸水涂抹在女人干裂的嘴唇上。

“这就是我妈，她已经完全生活不能自理了，离不开人。我学校离得近，中午也回来。”

我点点头，心拧巴了一下。13岁的我在干什么呢？

“哎呀，小海你学习这么好呢？”我试图转移话题，一打眼，看到了满墙的奖状。

大多数奖状上都写着数学奥林匹克竞赛，看来这个小孩数学学得很好。

“还有很多在那个箱子里呢。”他指着缝纫机下边的一个大纸箱。

说着，他跑过去翻开盖子，举起来四个金灿灿的奖杯，“姐姐，你看！”

“真厉害啊！”我走过去看，奖杯有五六个，下边还压着厚厚的金黄色奖状。

“真是个聪明的小孩儿啊。”我拿起一个奖杯说。

破败的家和金碧辉煌的奖状互为映衬，看着如此刺眼。

“聪明有啥用啊，还不是得过这样的日子。”他幽幽地说，低着头又去了厨房。

他总是低垂着头，看样子有无限的心事。妈妈丧失劳动能力，爸爸又不管他，他一个13岁的小孩要承担起生活的重担，确实不容易。

无论怎么样，离婚对孩子来说，总是太无辜。这是我处理所有离婚案子的心得，所以我才会放弃已经计划好的假期，来帮助这个小孩儿。

一阵塑料纸的摩擦声，我看到他从橱柜里掏出一袋挂面。

“你妈妈现在完全不能讲话了吗？那她能听到吗？”我问他。

他摇摇头。

“姐姐，您坐那儿吧！”他指着角落里的书桌和凳子。

桌子上是一个作文本，方格子里是好看的字：“妈妈是世界上最可怜的人。爸爸是世界上最可恶的人。我是世界上最可笑的人。”

我皱眉看着他写的三行字，心被什么扎着。

“喵”一声猫叫，一只橘色的猫从床底下钻出来，我吓了一跳。

“别害怕，它不会咬你的。”李海把面条盛进碗里，一根挂在碗外，他用筷子挑到碗里。

猫瘸着，仔细看，居然少了一条腿。

“猫腿是我爸打折的，他讨厌猫。”李海进了屋，轻轻地抚摸着猫下巴。猫仰着头，咕噜咕噜地叫。

“他打猫，打我妈，还打我。”听着很悲伤的事儿，他却是几乎笑着说出来的。

很奇怪，那抹笑，并没有让我觉得心疼，只让我觉得汗毛直竖。

我又看了眼桌子上的作文本，厚厚一本都写满了字。

“这个我能看吗？”

“当然可以，您看吧。”李海眼里闪着光，我想是眼泪吧。

这个本子里的内容，告诉我这个13岁的孩子到底经历了什么。家暴、酗酒、无爱的婚姻，通过小孩的笔，看上去触目惊心。

屋里热气在升腾，看着作文本，我一阵阵胸闷。

“喝水吧，蒋律师。”他把一次性纸杯递到我手上，“这个是新的水杯，我放在干净的塑料袋里，有客人才拿出来的。”他眨着眼睛说。

不得不说，他的眼睛真大，而且水汪汪的。

“谢谢。”我接过杯子。

昏黄的房间里一片寂静，只有我翻页的声音，头上的灯嗞啦啦地响。

4

自建房两层高，李海的爸爸李昆住在二楼。

“李昆在家吗？”我递了烟给门口的保安。

“在，刚上去。”保安扭头对我笑。黝黑的皮肤，锃亮的牙。我俩蹲在门口抽烟说话。

“这人好说话吗？”

“不好说呗，这个人拗得很，垃圾处理费都6年没交了，他说他从来没扔过垃圾，所以不应该交。”保安捻灭烟头说。

我抽完烟，上楼。楼梯里咯噔咯噔是我鞋跟的声音，我盘算着如何开场。

我站在门口，从门缝里听到有电视的声音。敲了三下，没人开门。我又继续敲，还是没人。

“李昆，我知道你在里边。我是你老婆孩子的律师，咱们聊聊吧。”

没人回应。

这到底是在家还是没在家？是不想见我吧？电视开着家里不会没人吧？一个垃圾费都舍不得交、老婆赔偿金都抢的人，不可能不在家还开着电视吧？我心里揣摩着。

我转身，想到了个好主意。

我跺着脚往出走，鞋跟的声音越来越远。我在制造下楼的假象。

到了楼梯口，我提着高跟鞋轻手轻脚地往回走。

果然有人开了门。我快走两步，顶住了门。我是柔道“红带”，虽然瘦，但力气贼大。

“嗨！李先生咱聊聊。”我赔笑说。

我看清了门口的男人，很瘦，秃顶，胡子拉碴，看上去像60岁。

他松了手，白了我一眼。一股热气扑面而来，我踩上高跟鞋进了屋。

这个屋与其说是屋，不如说是个垃圾站。桌子上堆着没洗的碗筷，满是油渍。杂志和报纸扔在地上，无处下脚。这一家人也是都生活得水深火热啊，但这个房子还是要比李海住的地方舒坦很多，至少能看到太阳。

“您冒领赔偿金的事儿，我已经了解了情况。根据《婚姻法》第18条规定，夫妻双方一方因身体受到伤害获得的医疗费、残疾人生活补助等，属于夫妻一方的财产。所以这个赔偿金，您即使离婚也必须还给您的妻子，它不属于夫妻共同财产。”

“你这个丫头片子跟我谈法律？欺负我不懂法是吧！”他抬起手掌，眼珠子快要冒了出来，手举到了耳朵边。

他似乎要打我，我灵巧地往后一缩，退到了门口：“我是来跟您协商的，不是过来打架的。而且，打架您也不一定打得过我！”

他黑着脸，一个反手把我推到了门外。“啪”的一声，门被关上了。我差点儿摔个跟头。

门口的保安看着我，我正了正步。天秤座要时刻保持高雅，即使被赶出门的时候。

“李先生，您这么不配合的话，咱们就法院见了！到时候就麻烦了！”我冲门里喊。

里面一阵噼里啪啦，像是盘子碗掉在地上的声音。

果然，这个男人古怪又暴力。

5

四方的桌子上摆着四个菜，豆腐汤、炒豆芽、西红柿炒鸡蛋、土豆丝。

“律师姐姐，您别嫌弃，我专门做了请您吃的，感谢您对我的帮助。”李海龇着牙说。

想想我13岁时还不会做饭，这么多年在家也是衣来伸手饭来张口，我又惭愧又感动。

我把一个礼物递给他，是一个iPad。“这个送给你。你可以用它学习。”

“哇，谢谢姐姐！”他小心翼翼地拆开包装，我看到他指甲里是黑色的。

“这个很贵吧，姐姐？”他咽了口唾沫，挤出笑问我。

“不能总看啊，会近视的。”我说着，夹起一块西红柿。

今天是个特别的日子，我们都很高兴。没错，官司赢了。这是李海准备的答谢宴。

那天法庭上我刚举证一半，李昆就松口了，说愿意把钱悉数归还，第二天就送过来。

吃完饭，我牵着李海瘦弱的手去签协议。

炎热的夏天，他的手冰凉。由于长期的营养不良和生活重担，这个13岁的男孩个子还不到150厘米。记得上次见的杨爽，小姑娘都已经一米七了。

给完钱，李昆板着脸出了门。他斜着眼看李海，仿佛能喷出火。

父子一场，多大仇多大怨？我心里想。

我跟李海一起往出走。李昆在前，一个满头银发的老太太跟在后头，那是李海的奶奶。

整个流程很顺利。要不是李海奶奶的那句“作孽啊！”，我心里马上溢出来的兴奋感大概可以持续一天。

她回头怒气冲冲地对我说：“你根本不知道到底怎么回事儿！”

李昆一把拽过他妈，“行了！你！”他近乎喊着说。

我愣了一下，跑过去追着问：“阿姨您什么意思？”

我最讨厌话说半截的人，而且我不觉得他们这方有资格说这话。自己的儿媳妇和孙子都不管，还能说出这么一句大义凛然的话？

“这娘俩就吃定我儿子不会说，才敢这么欺负我们！真是没天理了啊！”老太太跺脚，黑色平底布鞋前的线头跟着颤。

“妈，你是不是想让我死！”李昆瞪着眼睛，鼻孔都变大了。

他越这样，我越觉得事有蹊跷了，巴不得马上问个清楚。但是，他拽走了他妈，李海拽走了我。

回去的路上，我百思不得其解。

坐在后排的李海突然整个人都放着光，那种阴郁的气质似乎一扫而光。

他一边数着钱，一边哼着歌儿，是五月天的《天使》。

你就是我的天使，保护着我的天使，

从此我再没有悲伤……

他哼得很大声，唇角堆满了笑，这个笑和他之前的笑都不一样，看上去更真心。

“你奶奶刚才说的什么意思，你知道吗？”我问。

“他才不是我奶奶。”李海窝在后座沙发里，抖起了二郎腿。

我一脚踩住了刹车，“你什么意思？”

“人活一张脸，树活一张皮。李昆就经常这么说。”李海从鼻子里发出一声冷笑。

我更加一头雾水。“不是，李海你到底什么意思？”我把车停到了路边。

他把钱放回磨白了的双肩包，低着头抠指甲里的泥：“蒋律师，这跟你没关系吧？案子都完了。”

6

很久没失眠了。

经历了人生的一些重创以后，我变得没心没肺。我管这个叫自我和解。

这一晚，我怎么都睡不着。李海的笑，泛着油光在我脑袋里转。

原来，李海妈是去跟情人私会，路上出的车祸。

情人当场身亡，李海妈落下了残疾，李海爸爸这才知道，原来妻子一直有个地下情人，而李海也不是自己的亲生儿子。

李海爸气自己帮别人养了十几年的孩子，于是偷偷领了赔偿金，想什么都不管这娘俩。他觉得20万不多，这么多年，在他们娘俩身上花的可不止20万。

李海爸自尊心强，最怕戴绿帽子的事儿被声张。李海巧妙地利用了这一点，所以找到了我。

这也是官司进展到一半，李昆就自动放弃的原因。他怕这件事被更多的人知道，颜面无存。

人活一张脸，树活一张皮。李昆最怕没脸没皮。

回想起之前李海的那些话，以及他那异样的笑，我不禁打了个冷战。

人心的险，是不分年龄的。

我甚至怀疑，那些写在作文本里的故事，到底是不是真的？他不会是为了感动我，专门写的吧？

我打开收音机，午夜电台在放五月天的《天使》。

> 像孩子依赖着肩膀，像眼泪依赖着脸庞，
>
> 你就像天使一样，给我依赖给我力量。

没有肩膀可以依赖的孩子，只能自己是自己的天使。我想。

“那你现在是不是觉得人性本恶？”我问。

“开始的时候我是这么觉得，但是后来我意识到，之所以

见到人性恶的一面，是因为客户找到我的时候，一般都是遇到事儿了。我还是愿意相信人性本善，你看这个孩子，如果不是因为家庭变成那样，他也不会这么早熟，这么精明，或者说，这么……险恶。希望每个孩子，都能被温柔地对待吧！”蒋律师说。

陪客户一起捉奸的女律师

Not today.

——《权利的游戏》

“我本以为推开门会是男女赤裸交缠在一起的画面。”蒋律师一本正经地跟我说。

“不是吗？”

“不是啊。因为我们是敲门进去捉奸的。”

北京的雾霾有些重，远处的大楼已经看不清面目。今天，蒋律师给我讲了一个更劲爆的故事。

1

我看着群聊对话框外的消息数提示——1003条，无奈地叹了口气。

这个群叫“今天，我离婚了”。群里的人也不全是离婚状态，也有深陷婚姻危机的人，但她们有一个共同点：目前婚姻状态不好，且都是女性。我是群主，31岁的女律师。

点开看，全是老生常谈的抱怨。有的是老公出轨，有的是孕期老公不照顾，有的在诉说小三的种种罪责。搁以前，我还会点进去劝两句。律师做久了，婚姻问题见怪不怪，确实有点麻木了。人都说婚姻是爱情的坟墓，对大多数人来讲，确实如此。

把文件整理完，关好窗子，我准备睡觉了。明天王府井还有一个客户要见，不能睡太晚。

正要关手机，微信通讯录出现了红色的“1”，有“新的朋友”请求添加。

昵称叫“思航”，验证信息：我是群聊“今天，我离婚了”的思航，有问题咨询蒋律师。

我不喜欢深夜答疑，却鬼使神差地点了“通过验证”。

“谢谢您加我，蒋律师。”刚通过验证，她就发来消息。

“嗯。有什么问题咨询？”

“明天您有空吗？我想见面跟您聊。一定会付费咨询，请您放心。”她很快就打字过来。

大多数初次跑过来跟律师咨询的，都想得到免费的建议和支着儿，遇到这么有觉悟的咨询者还是第一次。

我脑袋里盘算着明天的计划，还没等回复，她又发来消息：“明天一天我都在王府井希尔顿酒店，您上午如果有空可以随时过来。”

明天要见的客户也是在王府井，这事儿真巧了。大概是个有缘的案子，我想。

“那明天上午十点半吧。”我发。

她给我发了个飞吻的表情，回复“嗯嗯”。

2

王府井的希尔顿酒店是五星级酒店，应该是个大客户。离婚律师在行业内门槛最低，要求也最低，赚钱空间自然也不大，空间大的是土豪客户或社会知名人士的离婚案，但这种大单一般也接不到。

我走到酒店大堂，给思航发微信。

这是我第二次来希尔顿，上一次来，是见一个知名企业家的老婆。那是一个很成功的离婚案，是我从业三年以来，获得酬劳最多的一次。

“蒋律师！”我坐在大厅的沙发里，听到有人叫我。

一个女孩正朝我这边快步走来，上身穿着红色的束腰衬衫，下身是白色的阔腿裤。一身的职业装，让她整个人看上去非常利落。

“你是思航？”我站起身。

“对！蒋律师，您好！”她刚跑了几步，有点喘。

“这么多人一眼就看到我了，厉害啊！”我打趣。

“我看过您照片，也在群里听过很多您的传说。”她笑着，说不上漂亮，但是耐看的那种，最突出的特点是太瘦了，锁骨高高地立着。

简单寒暄了几句，她带我进了一个餐厅。餐厅很大，但人不太多，可能因为还没到用餐时间，只坐了八九个人。思航点了瓶红酒，我们找了个位置坐下。

“说说你的案子吧。”我拿出纸笔准备记录。

她本来带着笑的脸突然黯淡了下来，双手环抱在胸前，盯着我说：“真冷啊！”

“冷？”我忍不住发出疑问，这可是6月的北京，今天还是夏至，外面热得人心烦意乱，她穿着长袖衬衫，长裤子，就连高跟鞋也是盖着脚面的，居然会冷？

我又仔细地打量了她一番。她真的很瘦，胸几乎是平的。

“我的心冷，蒋律师。”她说着又把右手移到了左胸上。

我情不自禁地也打了个哆嗦，明白了她的意思。她的“冷”，是自己深陷痛苦的意思。

“思航，你把你的事儿跟我说说，我会尽全力帮你的。”

“我高中一毕业就嫁给他了。那会儿我19，他18。年龄虽然差着一岁，但我俩却是同月同日生的。蒋律师您说这事儿得有多巧啊？要是我晚生一年或者他早生一年，我们就同年同月同日生了！”

“嗯。”

“今天就是我们俩的生日，6月22日，夏至这天，也是我们俩8年前领证的日子，结婚8周年纪念日呢。”她边说边笑，眼睛里却开始泛着泪花。

以我的经验看，她大概要哭了。很多委托人在面临婚姻危机时，都会出现这种自怨自艾的情况，曾经有个客户，甚至重度抑郁了。

“所以你们是2010年结的婚，你现在27岁了。”我从她的叙述里，筛选着关键信息。

“对啊。8年了，8年啊！”她拿起桌上的红酒杯，一饮而尽，“但是现在，此时此刻，他就在上面的1108套房里，和那个贱女人开房呢！”

“楼上？”我拿着笔的手往上指了指。

“对！蒋律师我准备一会儿就上去捉奸！”她嘴角突然浮出了笑。

我没回应，我从不建议我的委托人去捉奸，因为捉奸这件事儿成本高，而且极易变主动为被动，给过错方和小三带来可乘之机。

她见我没回应，突然推开凳子，双膝一软，“扑通”一声跪在了地上。我吓了一跳，赶紧蹲下来扶她。

“蒋律师您不帮我，我就不起来！”

“你这是干吗啊！”我束手无策。

还没等我把她扶起来，原本坐在旁边桌上的一男二女，呼啦一下围了上来。他们跟在思航后边，也齐刷刷地跪了下来。

“什么情况？”我整个人都傻了，这是什么操作？当事人下跪求帮忙我是见过的，但这么大排场我还是第一次见。

“蒋律师，求您帮帮我女儿吧，她已经没有活路了啊！”说话的是思航母亲，一个两鬓斑白的老人。

我赶紧去扶：“能帮的，我一定帮！大家快起来！”思航的母亲跪着不动，我又过去扶一个皮肤黝黑的男人，他更是纹丝不动。

"那您一会儿跟我们一起捉奸吧！然后让那个狗日的把离婚协议签了！我们没有法律知识，不懂咋弄好！"老太太的声音铿锵有力。

"蒋律师，我听我姐妹儿说，您最恨小三了，帮很多女同胞打离婚官司都赢了。这次您一定要帮我，求您了！"思航在旁边继续求情。

"蒋律师，您就帮帮我表姐吧，我那个王八蛋姐夫说，离婚的话，钱我姐一分都拿不到，孩子也别想要！"另一个女孩也开口道。

"咱有事儿说事儿，没必要非得去捉奸！快起来快起来！"这个场面可以说是非常尴尬了，我有种要去抓瓮中之鳖的感觉。

拖了得有五分钟，这些人终于起来了。惹得酒店的保安和餐厅服务员都过来围观，最后大堂经理也过来询问。

我这个人心软，尤其面对女性的时候。所以这么多年，我致力于打离婚官司，也是为了帮助女性这一弱势群体。

没思考太多，我答应了他们。

是的，我要去干一件惊天动地的大事了。在我的律师生涯里，陪委托人去现场捉奸，这是第一次。

3

"一会儿我就直接撞门，撞不开我就用这斧头劈开！"皮肤黝黑的男人开口，他留着大胡子，密密麻麻。这是思航的舅舅，为了思航的事儿，特意从工地赶过来。他边说，边从黑色的塑料袋里掏出一把斧子。

我整个人都惊了，这一家人也都是不怕死的。

“不是，叔，您等等，这可是五星级酒店，您把门砸了，要赔钱的，得上万呢！”

“我们不差钱，我一定要给我女儿出这口恶气！”思航妈接过话，“蒋律师，你不要怕啊，出啥事有我们担着，我们不会连累你的。”老太太补充道。

“阿姨，《刑法》第275条规定，故意毁坏公私财物，数额较大或有其他严重情节的，会判刑的。”我提醒道。

“那咋整啊？这飞也飞不进去啊！”思航舅舅拍着大腿。

我的目光停留在思航表姐的身上，她体形纤细，看上去很柔弱。

“思航表姐是吧？”我问她。

“对对对！我是！”女孩子激动地回答，她似乎对今天的捉奸非常感兴趣。

“她老公见过你吗？”我指着思航问。

“没见过的，我一直在国外，这放暑假我才回来的。”思航表姐在爱尔兰上大学，暑假回国，一听到表妹的事儿，就赶过来凑热闹。

“好，那一会儿你来敲门。”

“我？敲门？”她指着自己的鼻子说。

“对，你敲门，边敲边喊着火了。”我小声说，“门一打开，你立马扒住门，我们就一起冲进去。”

思航表姐使劲儿点头：“还是蒋律师聪明啊！”

思航舅舅把装着斧头的黑色塑料袋放回了包里。

我们5个人，坐在五星级酒店的餐厅里密谋着一场盛大的捉奸行动。说话间，我已经根据思航的需求，初步拟好了一份离婚协议。

除了回答我的问题，思航后来就没怎么说话，她用力抠着自己右手指甲下的皮，抠红了一大片。

上午十一点十分，我们从餐厅走了出来。

4

“都记住了啊，都不能轻举妄动，不能打人，进去以后听我指挥。”到了电梯门口，我再次叮嘱。

“我在隔壁1107开了房间，我们先进去那里吧。”思航面无表情，“我们一听到隔壁有人洗澡，就让我表姐去敲门。”

我点点头，表示这样更稳妥。等电梯的工夫，我在脑海里构思着捉奸的策略。

进了电梯，思航突然开始絮絮叨叨。原来她老公已经出来三天了，这三天都和小三待在这家酒店。

“昨晚那个女人洗了四次澡。呵呵。”思航冷笑着转过头对我说，“我老公很能干是吧？”

刚开始我还没完全回过味儿，小三洗了四次澡，难道是洁癖？她后来强调“能干”，我才恍然大悟。

可是这个问题怎么回答呢，她这句话应该也不是在问我吧，所以，我就使出我的撒手锏——沉默，装作没听懂的样子。

不料，她不善罢甘休。

“我们第一次开房的时候，在学校旁边的小旅馆，我们俩都是第一次。他那一个晚上都没消停，大概有7次吧，我后来都叫他一夜七次郎，哈哈！他那会儿精力旺盛。”她说得很大声，她妈在旁边偷偷拧她胳膊。

“干啥啊妈，蒋律师又不是外人，律师得知道所有的细节，才能更好地帮我啊！”她白了她妈一眼。

“必要的事实陈述就可以了，有些可以适当省略。”我看着上升的电梯，第一次觉得上个11楼这么漫长。不是因为思航在讲这样的事儿，而是电梯里除了我们，还有三个陌生男人。

“结婚不到两年，他就没了兴致。花花绿绿的事儿，没少整。那‘陌陌’就是他的阵地，蒋律师你知道他的陌陌昵称叫什么吗？”思航并不想住嘴，依然自顾自地说。

电梯里弥漫着一种说不清道不明的气氛，无法言说。

这种事儿让我怎么猜？我继续抬头看上升的电梯。

“叫‘大望路看门大爷’！”说完，她咯咯咯地笑了起来。

“叮！”电梯响了。终于到了，我舒了口气。

老公和小三在1108，我们5个人进了思航提前开好的1107。

5

“再说一遍，进去以后不能打人，听见没？”我跟他们几个人做最后的叮嘱，“我们进去以后，重要的是取证，而不是打人，打人我们都得被逮进去。也不能损坏任何东西，这么多人公然毁坏公私财物，会被判刑的。所以大家一定要冷静！”

四个人坐在沙发上，一致点头。

“尤其是你，思航，你记住，我知道这个场面对于你来讲，会非常痛苦。但你务必要沉着冷静，你只管想，你的目的是拿到证据，然后逼他签离婚协议，获得你儿子的抚养权，你今天不是来捉奸泄愤的，你明白吗？”我拍着思航的肩膀说。

她看着我，点了点头，但我能感觉到她眼睛里燃烧着的仇恨。

“你想想你儿子。你儿子才4岁，如果你进去了，你儿子怎么办？”我不放心，又提醒她。

她妈妈在一旁拽她的袖子，说：“航航，蒋律师说得对啊，你之前不是说你看了很多蒋律师的案子吗？你不是说你最相信蒋律师吗？那你一定得听蒋律师的！”

每个人都做了最后保证以后，蹲在洗手间的思航表姐从卧室跑出来：“蒋律师，浴室那边有洗澡声了！”

我点点头。大概是准备洗完澡去吃饭了。思航掌握的二人行踪比较准确。

“去吧！”我跟思航表姐说。

她从1107出去，整理了下衣服，开始用力地敲门。走廊里没什么人，的确是好时机。“咚咚咚，咚咚咚！”思航表姐接连敲着。

男人的声音从门内传出来，脚步声越来越近，思航表姐听到“谁啊”的时候，大声喊了句，“着火了，着火了啊！先生快跑啊！”

男人听到说着火，立马开门查看情况。门开了大半，思航表姐瞬间顶住了门。两秒之内，在一旁等待时机的四个人一起冲进了1108。

“你们干吗啊？干吗啊？”男人一身白色睡袍，对突然闯进来的人十分不满。

“你说干吗？”思航走上前去，冷笑着看他老公。

“老……老婆，你怎么来了？”男人咽了下口水，嘴唇打着哆嗦。

果然，捉奸现场，主角们都会很慌乱。

思航立马反锁了门。她并不想跟他老公废话太多，而是径直走进套房，找浴室。

小三从浴室里刚出来，裹着白色的浴巾，头发上还滴着水，不算个美女，但媚态十足，从侧面看，前凸后翘。

思航走过去，一把抓住女人的胸。

“你要干吗啊？”小三娇滴滴地裹紧浴巾。

思航用力一扯，小三的浴巾被扯掉了一半。她赶忙紧紧捂住胸部，大叫起来：“干吗？你干吗？你这是违法的！违法的！”

“不要脸的狗东西！婊子！”思航妈妈在一旁吐口水。

我拉住思航：“进来前我怎么跟你说的？！”

思航停止了动作。

“把两个人手机拿过来！”我跟思航表姐说。保险起见，有必要切断他们与外界的联系，因为一旦报警或通知朋友，情况就会变得不可预知。

“叔，你们把他带到那边去。”我指着套房的里间跟思航舅舅和妈妈说。

“走吧！还得抬你呀！”思航舅舅昂着下巴，对蹲在门口的男人说。

“你看着她！”我跟思航表姐说。

我拉着思航进了她老公的房间。我从包里掏出纸和笔，以及离婚协议书。

“今天没别的意思，别紧张，写个悔过书吧。把你的事儿写写。”我把纸和笔递给男人。

“你是谁？”他瞪我。

“我是您太太的律师。”我说。

“你们这么做是违法的！”他冲我喊。

“嗯。那您说说我们这是违了哪条法？”我把笔一摔，“陈先生，要谈法的话，您可谈不过我。您在婚内非法和妻子以外的女人通奸，您这是违反了《婚姻法》。如果不谈法的话，您还是个成功的企业家吧？这消息往出一曝，您觉得这事儿光彩吗？您太太，为了您和你们的家庭，甘心做全职太太，她把最好的青春都献给了您和孩子，您现在玩腻了，想找点儿新鲜的，就要抛弃她吗？您觉得社会舆论能原谅您吗？”

以我的直觉，这是个吃硬不吃软的主儿。果然，他后退了几步，嘴唇哆嗦着。虽然努力保持镇定，但我看得出，他的眼睛里都是慌乱。

“您可以再考虑一下，我的时间足够。”我边说，边拿出在楼下拟好的离婚协议书。

“陈魁，有点儿破钱你就不知道东南西北了，真觉得自己是成功人士，就能为所欲为了是吧？你的良心呢，你考虑过你儿子吗？你还够人那一撇一捺吗？我真是看错了你了！”思航哭着撕扯男人的衣服，她舅舅在一旁直叹气。

婚姻是有保质期的。但这世上，又有什么东西没有保质期呢？

男人说着拿起了纸笔：“写什么？”

“您先讲讲和这个女人的事儿吧。”我说。

“她是我公司的合同管理员，刚毕业，挺漂亮，善解人意。出差接触过两次，觉得不错，就在一起了。”男人说。

“多久了？”我问。

“半年多了。”

“考虑过孩子和老婆的感受吗？”

“我没控制住自己，我确实也把控不了我自己。”男人竟带着哭腔说，“我真的也没想过后来发展成这样，我刚开始就想着一两次没啥关系，但是后来就跟吸了毒一样，上瘾了。”

“这女人是毒啊，你之前不是也说我是你的毒、我是你的毒瘾吗？”思航双膝跪地，哭着问。

“那就写，‘我陈魁，与办公室合同管理员出轨半年，对家庭和孩子疏于照顾，非常后悔，希望协议离婚。’”我说。

他手里的笔一顿，抬头跟我说：“我还是爱她的。真的！”说着去摸思航的头。

思航已经泪流满面，眼妆都哭花了，黑色的眼泪一条一条的。

这种事儿我见怪不怪，很多男人在忏悔过后，还是不会回到轨道上，出轨只有0次和100次的区别。

“先写，具体离不离婚，你们可以再商量。”缓兵之计，我只能这样说。

写完悔过书，陈魁又签了离婚协议。

我刚把东西装进包，夫妻俩就抱到了一起。

“思航啊，我对不起你，对不起你和孩子！”

“你这个死鬼啊！死鬼！”

8年，人的一生有几个8年呢？我懂这里边的道理。

6

走出房间，小三蜷缩在角落里哭。思航妈和表姐看着她，目光充满鄙夷。

“该走就走吧。没事儿了。”我说。

把手机放回到桌子上，我走出了门。思航没出来，继续和那男人抱着。

也许，这次捉奸是成功的，最终两个人也可能会和好。

可是，茫茫人海，漫漫人生路，还有多少次捉奸呢？

我打了车，赶着去见第二个客户。

北京的夏天，火辣辣地燃烧着大地。路旁一只狗，趴在树荫下，舌头耷拉得老长。

思航给我发了条微信："蒋律师，我不离婚了。那个协议和悔过书你都毁了吧，我不需要了。"

"好的。"我回。

她微信给我转了3000块钱，道："今天真是麻烦您了！"

我点了收款。这个案子就这么终结了，但我心里却总惴惴不安。就像平静的湖面下隐藏着巨大的水怪，随时会跑出来一口吞掉你。

不出所料，意外很快就发生了。

两天后，我正在处理卷宗，接到了一个电话："蒋律师，我是思航妈妈。"

我放下手中的纸笔问道："怎么了阿姨？"

"思航被抓监狱里去了！"思航妈号啕大哭起来，哭声悲痛欲绝，"我闺女命怎么这么苦啊！"

"为什么啊？"我也很惊讶。

"昨天下午我们正在吃饭，警察就来了，说有人报警，思航犯了侮辱妇女罪，要拘留。"

"小三报的警吗？"我对此也很震惊。

"肯定是那个贱人啊！"

那天思航扯小三的衣服，使她露出了胸部，确实有侮辱妇女罪的嫌疑。但是一般小三碍于脸面，毕竟自己也不光彩，并不会报警。这次，真是开了我的眼界。

"阿姨，您别急。陈魁呢？让他找小三说一下。解释一下，就说是误会。"

"陈魁那个龟孙子啊，他还给那女人作证啊，说自己写悔过书、签离婚协议都是被逼的，现在要来告我们呢！说他们根本没有不正当男女关系，两个人是在房间讨论工作，还说我闺女整天胡思乱想，患有精神病！”

我叹了口气，“阿姨我这就去公安局，您先别着急。”我穿好衣服，出了门。

7

事情进展得并不顺利，思航的精神已接近崩溃状态。无论我在电话里和她说什么，她都回答得恍惚。

陈魁起诉离婚，他不承认自己出轨，并提供了思航患有抑郁症的相关材料。法庭上，他大义凛然，陈述思航在婚姻期间臆想他出轨，并跟踪他，对他进行人身攻击、胁迫等多项罪名。

思航只是眼泪汪汪地看着陈魁。她在想什么呢？是曾经的海誓山盟，还是后来的薄情寡义？

经历了两次开庭，最终，离婚协议生效，悔过书也作为重要证据生效。

因为我手里掌握着当时的录音，那里面有陈魁声泪俱下的忏悔。

我依然记得录音播放时，陈魁狰狞的脸。

“她是我公司的合同管理员，刚毕业，挺漂亮，善解人意……我没控制住自己，我确实也把控不了我自己……后来就跟吸了毒一样，我上瘾了。”

录音里没有胁迫，全是陈魁自己的内心忏悔，一切谎言不攻自破。

录音和视频证据是我的职业习惯，那天陈魁讲述时我就留了一手，我悄悄把包里的录音笔打开，录下了他说的话，包括两个人抱在一起后，陈魁说会改过自新重新爱思航的话。

我本以为这个录音不会有用了，却没想到成了思航的救命稻草。

这是我第一次参加现场捉奸，我依然无法忘记酒店里凌乱的场景，更忘不了偷情男女的慌乱和后来倒打一耙的理直气壮。

“我在豆瓣上看到一个女作家说，她从来不鼓励人结婚，因为她不能因为自己在垃圾堆里捡到了100块钱，就让大家都去翻垃圾堆。”我说。

蒋律师听完哈哈大笑起来：“这话说得也太精辟了！”

车窗外碧空万里，天蓝得不像在北京。豆瓣上那个作家，虽然她的婚姻很幸福，但她依然把婚姻比作垃圾堆。这个中滋味，大概只有结了婚的人才懂。我想。

零点逃离北京

请不要一厢情愿地下结论。任何事情，不挑战一下是不知道结果的，对吧？

——东野圭吾《解忧杂货店》

北京，这张巨大的藏宝图后，有的人寻到了宝，有的人一无所获，有的人把宝图珍藏，有的人咒骂它是假的，愤而撕成碎片。

零点的北京，默许着开始与结束的交替，坚持与放弃的你进我退。

零点，北京，程璐璐，准备逃了。

我拉着她，一路告别，从三里屯到新宫，到青年路，再到首都机场。这一路，她给我讲了她在北京6年的故事。

对于一个在北京待了6年的北漂，做出这样的决定有多难？或许只有像程璐璐这样的人知道。

人生有几个6年？就算活到80岁，不过13个而已。

1

二月的北京，寒冷还没完全消退。

三里屯，凌晨零点。

映入眼帘的是，五颜六色的美瞳，肤色各异的人种，露出脚踝的高跟鞋。

程璐璐今天穿了超短裙，长发披在肩上。在冬天露出两条又白又细的长腿，她还是第一次。

她刚走过太古里的优衣库，一个捧着佳能相机的中年男子奔了上来："美女来几张街拍啊！"

男人身材瘦小，皮肤黝黑，深蓝色的裤子皱皱巴巴，头上顶着的红色头发遮住了右眼。程璐璐预见到，如果她接受了邀请，明天的北京街拍网站上，她的照片上就会有这么几个关键词：少妇，美腿，诱惑，红唇。

她径直走，没理人。

6年前，程璐璐是三里屯SOHO的上班族，下了班她也会和同事来太古里晃悠。第一次逛太古里的感觉，用一句言简意赅的话来形容就是：人太多，兜里钱太少。

今天程璐璐不是来逛街的，她是来告别的。因为明儿一早，她就要坐上飞往老家沈阳的航班。思来想去，还是要跟这个生活了6年的城市好好告个别。

她要告别北京了。嗬，时间过得真快。从24岁到30岁，转眼北漂了6年。

三里屯，因距内城三里而得名，是北京重要的夜生活场所之一。而对于24虚岁、23周岁的程璐璐来讲，那是“北京梦”开始的地方。

来北京6年了，换了三份工作。第一个公司在三里屯SOHO，第二个在光华路SOHO，第三个在望京SOHO。朋友们都说，她跟SOHO有缘。她曾经幻想，办公楼偶遇SOHO创始人潘石屹，来一段忘年恋，说一段关于SOHO的台词：“嗨，老潘，我不仅和SOHO有缘，还和你有缘呢。”

程璐璐双子座，从小就爱幻想。小时候做梦是白雪公主，长大后做梦是偶像剧里的女主角，如今，在北京的第6年，她睡梦里都是关于回不回老家的挣扎。

北京这座城市，它慷慨，给人更多的机会。它也多情，给了太多人承诺。它赠予你勇气与希望，也榨取你的精力与激情。

如果现在回老家，能马上买房、买车，不用担心户口，也不用担心空气不好，还能陪已经上了年纪的妈妈，不过工资只能是现在的六分之一。

如果还留在北京，一切都遥遥无期，归属感正在心底慢慢抽离。

程璐璐爱三里屯，不仅因为在这里工作的时间最长，还因为她在这里遇到了她的第一个真命天子——李欢。

2012年，年终聚餐，同事几个从三里屯的“蓝蛙”出来。白花花的大腿在三里屯飘来荡去，几个小伙子目不暇接，而唯有李欢，他看了眼荷尔蒙爆棚的小伙子们，抿着嘴唇，继续低头看手机。那会儿，程璐璐心里一热，心想，这是个好男人。

随后她开始了长达一年半的暗恋。

程璐璐开始学化妆，做美甲，嫁接眼睫毛。她每天期待上班，为了和李欢对个眼儿。两年的爱情，一年半她在追，半年在一起。滚了几次床单，李欢就换了工作。

“本来没缘分，全靠我死撑。”这是程璐璐在这份爱情里学到的。

“在一起3个月零8天，就算4个月吧。不错不错，还蛮长的。”她默默地想，打开前置摄像头，和“太古里”三个大字合影。

迷恋李欢的时候，朋友告诫说，认真你就输了。可是程璐璐并不觉得，她觉得认真爱一个人，才会真正感觉到幸福。

6年了，她还是会午夜梦回地想到那张抿着嘴唇的脸。那会儿至少还有个在乎的人，她觉得日子再苦都能过，未来再难都不可怕。现在财务相对自由了，却总被“未来”这两个字吓得瑟瑟发抖，时常沮丧得不知所措。

曾经坚信“天将降大任于斯人也”的热血，现在随着年龄的增长，慢慢地熄灭了。

北街的酒吧，一个外国白人女孩盘在一根钢管上努力地舞动着，门口一个穿着高腰紧身裤、白色衬衣扎进裤腰里的中年男人正抠着嗓子呕吐。

三里屯太古里是没有上午的，只有到了晚上，它才跟着吵闹的音乐一起苏醒。

外观酷炫的各色跑车飞快地驶过工体北路，留下轰隆轰隆的轰鸣声。程璐璐冷得打了个哆嗦。

她其实并不害怕在北京生活的焦虑，她更害怕看到自己妥协的样子。

2

车从三里屯出发，一路向南。过了角门西，到了新宫，路上车很少，不到半小时就到了大兴。

从最繁华的商业区到很宁静的郊区，北京承载着城市的繁华，也包容着城市的朴素。

这是新宫的一个老小区，1999年的建筑，诚苑南里。6年了，感应灯还是坏的。程璐璐用手机照着亮，上了二楼。这是她来北京的第一个住所。

单人床紧贴着墙面，四周都是暖气片。冬天尤其热。

没有空调，对于东北女孩来讲，北京的夏天异常难熬。

程璐璐还记得第一次看到这个小房间时，她和她大学同学都愣住了，居然有这么小的房子，9平方米，只有一面是墙，剩余三面都是隔板，敲上去清脆地响。

房间靠着公路，从窗户缝里能听到一阵阵大卡车驶过的突突声、小汽车一路驶过的滴滴声。为此，程璐璐还买了耳塞。

但是很快，她已经习惯和噪音共处一室，再后来甚至还能做个白马王子骑着马来接她的好梦。

这个小屋子让她觉得亲切，她人生的很多第一次都发生在这个小屋子里。第一次赚工资，第一次一个人住，第一次写工作报告到深夜。

那会儿她早上吃鸡蛋灌饼，中午吃沙县小吃，晚上吃麻辣烫。她迷恋北京，一日三餐吃什么都不重要。

为了拓展人脉，一到周末，她就会穿戴整齐从大兴出发去城区参加各种线下聚会。她意气风发，元气满满地向每个人认真介绍自己，递出去上百张名片，QQ也加了几十个好友。

北京灰尘多，雾霾天也多。她经常回来感觉自己灰头土面的，洗脸的时候鼻子里都是泥。

到底为什么来北京呢？很多人问过她这个问题。她妈问，她老师问，她初中同学问，她高中同学问。

她都会俏皮地回答："因为100块后面印的就是北京啊！我要在北京赚很多的100块！"

大学毕业之前，北京是遥远的首都，是天气预报里报的第一个城市，是人民币里的城市。大学毕业来到北京以后，北京是图书馆，是梦想，是无限的可能性。

这个城市并不冰冷，它很温暖。她第一次觉得自己爱上了这座城市是在地铁里，她痛经，疼得蹲在过道里，直冒冷汗。一个大爷京腔喊得响亮："这姑娘不舒服，你们谁给让个座儿？"

地铁里呼啦啦起来好几个人。

那会儿她觉得北京这个城市好迷人，心里突然有了底。她开始谋划在几环买房子，买什么车。

3

离开大兴，来到了青年路。格子间里的灯光正一个个熄灭，街上还有行人，手机屏幕的白光在脸上映着。

车路过大悦城，程璐璐想起了八层的呷哺呷哺。还记得第一次在北京过年，除夕夜吃的就是呷哺呷哺。

那是她来北京的第三年，是她住的第二个房子。除夕夜的小区万家灯火，她站在楼下看自己的窗口，灯是黑的，室友们都回老家过年了，只剩下她一个人。

她突然有些难过，走的时候应该把阳台灯打开再出门的，这样夜晚就有了一盏为自己亮起的灯。

她又转念一想，她还有一只可爱的猫，一只蓝色的叫“火锅”的猫。出差两天，格外地担心它。暖气这么热，不知道水是不是够喝，猫粮打翻的话，会不会捡起来吃。

打开房间，一团乱麻。火锅从窗帘后钻出来看她，褐色的大眼睛扑闪着，她松了口气。打开了两盒罐头。

两天不见，它把自己又养肥了一圈。

“新年快乐，火锅！”程璐璐去蹭小猫的脸。

程璐璐的猫就是她的充电桩，她抱住它，吸两下，她就满电了。

虽然这一晚，它又发情了，叫到了深夜。

那年的冬天太冷了，程璐璐第一次买了羽绒服，之前都是穿大衣就可以过冬。元旦回了趟家，心力交瘁，父母逼婚又催着回家，她第一次开始有了些许动摇。

她真的能在这个城市扎根吗？心里有点儿发怵。一起来的几个大学同学都回了老家，他们回家的原因有很多，最大的原因还是节节攀升的房价。

有一天下公交车回小区的路上，程璐璐遇到了卖橘子的老奶奶。老奶奶特别认真地鼓励她说：“你们有文化，在北京好好干。以后一准儿有出息！”

她拎着一塑料袋橘子往楼上跑。室友正在屋里看书，一个在读研究生，一个在准备“注会”，还有一个在煮粥，煮粥的姑娘说今年年底攒够了钱，就去英国留学。

整个屋子里都是奋斗的身影，程璐璐很激动。她转念想，虽然北京压力大，但它真是一个斗志昂扬的地方啊！

某个周末，她在宜家买了落地灯，买了块79元的地毯，在青年路的这个小公寓里一点点搭出了自己小屋的样子。自己的小屋，一回到家就觉得心安的地方。

妈妈从东北寄来了塑封的肘子、牛肉和风干肠。她拆开包装，眼睛红了。

她感谢那个家，可她更喜欢北京这个家。北京是她熟悉和温暖的地方。

耳机的声音调到很大，程璐璐在听汪峰的《北京北京》，跳槽的那段时间她每天都在听这首歌，单曲循环。

> 我在这里欢笑我在这里哭泣，我在这里活着也在这儿死去，我在这里祈祷我在这里迷惘，我在这里寻找也在这儿失去。北京北京。

4

离开青年路，到了首都机场T2航站楼，程璐璐仿佛看到了曾经匆忙的自己。

还记得第一次坐飞机是从北京去广州出差，程璐璐内心忐忑。她想装成自己常坐飞机的样子。前一天在网上看了两个小时，如何换登机牌，如何上飞机，为了不在其他几个同事面前丢脸，她提前四个小时就到了机场。

她尽量优雅地表现得自己不是第一次乘飞机。最后还是因为国产充电宝没标明电池容量而被扣了下来。她心疼，跟安检人员解释说，按照电压和电流，如何能算出电容量。没人听她说，有的只是后边人的不耐烦，以及周围奇怪的眼神，她生怕听到两个字："老土！"

后来她来过首都机场很多次，有四五次还是出国度假。她不再惊讶机场真大，光航站楼就三个。她不再需要下飞机为了赶机场快轨而大步流星，因为打车不再是一件不敢想的事儿。

她开始可以说出听起来非常厉害的话："老娘不需要别人养，老娘不需要男人。我赚得多，想买啥就买啥！"别人以为她是骄傲，她自己知道那是脆弱。

月薪三万，从来没想过的数儿，但还是买不起房。之前挣多少花多少，现在在不影响生活品质的基础上，开始学理财。留在北京是不甘平庸，离开北京不知道是啥，算是自投罗网？

到了T2航站楼的肯德基，她进去点了一个甜筒。还记得上次在这里吃饭，是出差回来。她刚下飞机，看到妈妈给她发

“生日快乐”。她生日是6月1日，儿童节。她跑到肯德基要了一份儿童套餐庆祝，吃完发了个朋友圈，然后又回公司加班。

那天加完班打车回到三环的家，雾霾把天铺满了，高层建筑看不到顶，有那么一瞬间，她觉得这好像是原来南五环的家。

想看月亮，没有。于是蹲在地上点了一根烟，想着小时候在东北看月亮，家里的月亮是真亮。

两个月后，程璐璐又回来了。依然打了我的车。

“你准备先去哪儿？”我在微信问她。

“去新宫吧，我开始北漂的地方。我先住酒店，明天再找房子。我要重新从那开始，那是我的初心，让我有归属感，也让我心安。”

我开车去了首都机场，依然是T2航站楼，两个月前我送走程璐璐的地方。我在微信里没有问她再次回来的原因，我想我是知道的。

接上她，依然是凌晨零点。她看着车窗外五光十色的街灯，目不转睛。

北京依然有川流不息的车流，络绎不绝的人群，人们在这里狂欢，也在这里失落。有的人找到了自己，有的人找到了另一个自己。不安在每个人身体里跳跃，却能找到一种别的地方找不到的存在感。

“司机，”她突然转过头对我说，“这次回来，我真的感觉得到，这个城市正在焦急地等着我。”

我们还能在一起吗？

思嘉，我从来不是那样的人，不能耐心地拾起一片碎片，把它们凑合在一起，然后对自己说这个修补好了的东西跟新的完全一样。一样东西破碎了就是破碎了——我宁愿记住它最好时的模样，而不想把它修补好，然后终生看着那些碎了的地方。

——玛格丽特·米切尔《飘》

零点的北京，格子里的灯光一个个渐渐熄灭。庞大的失眠人群正在增长，屏幕的白光在脸上映着，这是21世纪独特的失眠姿势。不用看天花板，不用数羊，只要扔一个漂流瓶，或打开一个直播网站，就可以找到和你一样正在失眠的人。城市的上空飘荡着人群的寂寞声，这是大多数人听不到的分贝。

普通人的零点故事正在发生，大多数不为人知，甚至无法自知。

凌晨零点，我开车游荡在北京的大街小巷，收集了下面的故事。

1

北京垡头西里。这是20世纪90年代建的小区，陈静家住在四楼。

零点了，陈静的老公柴刚还没回家。这是柴刚惯用的说辞："宝贝儿，今晚陪客户，晚回家。勿念，早睡。"陈静回了个"嗯嗯"，手机屏幕的白光映在墙上两个人的合影上。那是2010年12月27日，陈静和柴刚确定恋爱关系。他们盘腿坐在郊区的公路上，互相对望，嘴角都扯出了最大弧度的笑。柴刚穿着棕色的短裤，白色的T恤，陈静穿着粉色花长裙，酒窝和粉色的花蕾相得益彰。他们背后是大片的绿荫和绵延的公路。

恋爱四年，结婚三年，从第一次牵手时心脏要跳出身体，到现在面对着面也没什么太多的话说。一切好像在悄无声息地变化着，陈静并不愿意将这些归结为激情的消退，她更愿意相信他们其实在时间的催化下变成了彼此更深的羁绊。

然而现实是，柴刚自打当上了某上市公司的市场总监，一个星期至少要陪三次客户，每次都是晚上凌点以后才回家。

这是12月的一个零点，陈静在床上辗转反侧，打开淘宝，打开微博，然后打开了陌陌。陌陌上一个个袒胸露乳的姑娘在推荐列表上那么的扎眼，陈静摸了摸眼角干燥的皮肤，心跳在午夜静谧的夜晚如此的突兀。她脑海里又出现了那个不敢深想的念头：柴刚，她老公，出轨了。

她走进厕所，盖上马桶盖，刚一拉冲水的绳子，绳子就断了。她熟稔地走进厨房，舀水倒进盆里，又端着盆到厕所冲了马桶。这是再正常不过的事儿，这个20世纪90年代的房子用着最老式的马桶、最老式的家具、最老式的装修。柴刚提了几次换个房子住，陈静都揶揄了过去。她想再攒点钱，去顺义换套大的，有了大房子，她才会考虑备孕。毕竟生孩子这件事就像买了一张单程的机票，旅程只要开始就回不了头，也不能中途喊停。

陈静站在卫生间的镜子前看自己。眼窝下开始出现丝丝细纹，脸也大了一圈。她咧嘴笑，这个笑里除了苦涩还有焦虑，看着那么的不招人喜欢。她捏了捏微微浮起的小腹，这样的自己确实没什么魅力了。

她扶着洗手台看着镜子里的自己，眼泪不断从眼角涌出，鼻子越哭越红。哭得厉害的时候，她开始回忆热恋时的种种场景，来大姨妈时柴刚给她倒热水泡脚，平日里给她洗头发吹头发，两个人牵着手走在北京胡同的大街小巷。这些温暖的场景似乎已经是很遥远的过去，想起来还觉得那么的虚幻。然后她又开始脑补柴刚和别的女人在床上的场景，肝肠寸断处，回忆和想象都是一把刀。

零点三十分，钥匙孔里是熟悉的钥匙转动的声音，陈静抹了下眼泪匆忙跑回卧室，躺到床上，拉好被子，双眼紧闭。已经肿了的眼皮止不住地抖动，她又把整个头都埋进了被子。

柴刚轻声走进卧室，将西服挂到衣架上，把一个盒子放在了桌上便走进了浴室。陈静一个翻身，从床上翻动着起来，指纹解锁打开了柴刚的手机，通话记录里照例是几个命名为某总的姓名，微信里置顶的是她还有他的秘书。她在APP搜索框里搜“陌陌”，显示为无。她眼眸低垂，关掉几个打开的页面，把手机放回了原处，又一个翻身，背对着睡到了自己的位置。

柴刚套上白色的睡衣，从卫生间轻手轻脚地出来，缓缓地到了陈静的床边。“今天又累坏了吧，让你住在这儿，离公司那么远，真是辛苦你了老婆。”柴刚默默地想，然后把搭在陈静眉间的一缕头发亲轻轻地挪到了她的耳后。

陈静跳动的眼皮抖得更厉害了，还好灯光暗，看不出什么异样。陈静一动不动，蜷缩成一团。她并不想和柴刚说太多。说深了，无理取闹；说浅了，无动于衷。

柴刚注视了陈静好一会儿，亲了下她的额头。桌子上是两个盒子，一大一小。柴刚把大盒子拿进了厨房，那是一个今早订的黑天鹅蛋糕。小盒子里边是一块卡地亚最新款手表，上边还有一张卡片：“老婆，相爱5周年快乐。每天太忙，对你关心不够，但我始终记得5年前的这一天，12月27日。感谢你出现在我的生命里，我爱你。”

第二天一早，陈静看到了放在梳妆台上的精致盒子和卡片，她赶忙翻手机，看了看日历：12月27日。是啊，昨天是5周年相识纪念日。她自己都忘了。

2

顺义某小区。

标准双人床上，郑刚和李薇背对而睡。同在互联网公司工作的两个人，如今已结婚5年，性生活从一周两次已经到了一个月一次。这一天是27号，又到了一月一次的日子，然而已经很疲惫的两个人，并没有什么兴致。

郑刚关了台灯，他瞥了眼李薇，她正在刷朋友圈。郑刚也拿出手机，屏幕光映在他已经很高的发际线上。房间里静静的，只能偶尔听到楼下烧烤店鼓风机呼呼吹木炭的声音。还记得刚搬到这个小区的时候，两个人每周都要吃一次烧烤。老板是新疆人，可以不用笔记菜单，只要听一遍就可以清楚地记得你点了几个肉串、他点了几个鸡翅。

郑刚滑动着手机屏幕，招聘网站上一个个职位排列整齐。

上午老板把他叫进了办公室，围绕“优化裁员名单”这一主题，对他进行了长达10分钟的引导。郑刚出了老板办公室的门，划开手机想给李薇打个电话，接着又按了锁屏键。

他望向窗外，飞机在空中拉出很长的一道线。随后他出了公司门，刷卡上了22楼。这有里一个不大的窗口，窗户很低，露出一半用来通风。他身体在窗外徘徊，脑子里回响着不知道怎么说出去的话：“老婆，我失业了，我想歇一歇。”

他猫着腰从窗口俯瞰，楼下几个工人正在搭建新的员工食堂，几个姑娘小伙儿不知道在聊什么，彼此拍打着肩膀。12月的北京，还没那么冷，有个姑娘还露着大腿穿黑色的长筒靴。

有那么一瞬间他想跳下去，然后银行来了短信：“尊敬的中国银行客户，您本月按揭还款金额9889.52元，到期还款日为01日，如您的还款账户余额不足请及时存入。”郑刚一个激灵从窗口处爬出来，抖了抖窗台上蹭的灰。

郑刚收拾好东西，办了离职手续，去公司楼下的网吧连着打了六局“英雄联盟”，抽了一整盒烟，喝了5瓶加了冰的啤酒。

来北京10年，两个人年薪加起来过了40万。在六环边上贷款买了这个两居，过上了有房有车的生活。10年，郑刚成了半秃的中年油腻大叔，李薇也成了同事口中的“中年少女”。

进入中年，要讨老人欢心、关注老板脸色、适时抚慰老婆、成为子女的榜样。激情对于中年人来讲是消耗，更不要提什么梦想和灵魂在哪里安放。

“Java开发工程师”“高级web工程师”“PHP开发工程师”，郑刚滑着招聘页面，渐渐地眼皮有点沉，睡着了。

零点三十分，李薇也有点儿困了，正要把手机塞到枕头底下，手机又震动了一下，是闺蜜发来的微信消息：“睡前10分钟，决定了婚姻的结局。”李薇点开链接，开头赫然写着：幸福的婚姻离不开三件有趣的小事：回家有饭吃，吃完有话聊，聊完有爱做。李薇突然睡意全无，越往后翻，她就越心凉，手也跟着有点抖。

“所以照这意思，我应该离婚了？”李薇转过身，看到郑刚依然宽大而厚实的背。她挪动身体，往前靠，从后边抱住了他。

3

通州果园某小区。

陈羽蹲在地上哭，眼泪粘住了早上刚贴好的睫毛，黑色的眼泪顺着眼角从脸颊到嘴角又滑到了脖子上。她手里攥着一封信，那是相恋了2年4个月零10天的男朋友张传写给她的信。信很长，密密麻麻的字正反面写了五六张A4纸。言简意赅地总结一下，就是：“对不起，我不爱你了。我们……不能在一起了。感谢你陪伴我的时间。”

“我们不能在一起了。”这句话在陈羽脑海里打转，她狠狠地咬了一下自己的手臂，血淋淋的红色牙印。她牙齿里有血的味道，疼意遍布全身。她不想承认她疼了，正如不想承认这不是梦。

隔壁的房间传来阵阵男女的吵架声。这是陈羽的邻居，搬过来两年，这对夫妻大吵小吵不断，经常掀桌子打门，但还是会在第二天一早一起出门，送儿子上幼儿园，风雨无阻。陈羽总会在电梯里碰到他们。

陈羽在屋子里打转，这个房子像一张网，充满了回忆。张传给她在宜家买的玩具狗，在西单电玩城抓来的泰迪熊，生日时买来的兔子玩偶，十几个玩偶在床边排排坐着，一个个都在诉说着他曾经爱过她的回忆。

怎么会说不爱就不爱了呢？陈羽想不通，她用力敲打着自己的头，手和头都感觉不到痛。

陈羽套了件红色的大衣，蹬上鞋子下了楼。她并不知道自己要去哪里，只知道她要逃离那个房子。她叫了个车去天安门，那是她来北京去的第一个地方。那天凌晨三点多，天还未亮，她和她大学同学赶过去看升旗。国旗徐徐升起，国歌嘹亮，陈羽觉得热血沸腾。那时候的她，对即将开始的北漂生活充满了期待，两个姑娘嬉笑着说，要在长安街后边买一栋楼。

长安街不让停车，陈羽提前下车。零点三十五的北京，人和车都没有那么多了，月光洒在护城河上，摇曳出男朋友的脸。

她失魂落魄，站不住，蹲在路边哭。

“嘿，姑娘，要苹果手机吗？”陈羽听到耳边有人说话，她把头埋得更深了。

然后就遇到了查身份证的警察叔叔，她边背身份证号码，边流眼泪，脸憋得通红。

零点五十分，一个长发盖住眉毛的小伙子坐到了陈羽旁边，他把背后的吉他抱到胸前，边弹边唱：“等你走后心憔悴，白色油桐风中纷飞，落花随人幽情这个季节，河畔的风放肆拼命地吹，不断拨弄离人的眼泪，那样浓烈的爱再也无法给……”

《寂寞沙洲冷》，他自顾自地弹唱着，一曲终了，周围响起了掌声。掌声来自警察叔叔、陈羽、推销苹果手机的小伙儿，还有停下车子没走的我。

零点的北京，依然辉煌光鲜。黑色的夜幕下，有人在地下室收拾行囊，有人在工体搂着妞的腰。这个大规模生产梦想的城市，也在大规模地生产孤独，在深夜尤为如此。

“大姐，你说我们还能在一起吗？”亮晶晶的眼泪在陈羽眼里打转。

“你知道吗姑娘，北京这座城市有个很神奇的地方，它够大，大到当你不想再见到一个人的时候，你可能真的再也不会遇到了。”

去麦当劳洗脸的男人

若我会见到你，事隔经年。我将以何贺你，以眼泪，以沉默。

——拜伦《春逝》

写下张桥的故事，我脑子里还存着他泪眼婆娑的影像资料。我对多数人脸盲，却对一些人印象深刻。比如张桥，我还记得他很短的指甲和凹进去的眼窝。他说这是他最后一次来北京，以后都不会来了。

有人逃，就有人避。爱不起有时候真的是爱不起，因为买不起，用不起，还不起。所以对不起。

1

凌晨一点，北京某KTV。张桥打了一圈酒，喝得烂醉。抢过麦克风，颤颤悠悠跑到点歌台点了一首杨宗纬的《那个男人》。

他情愿变成影子 守护着你跟随着你
那个男人爱着你 心却在哭泣
还需要多久 多长 多伤
你才会听见他没说的话

他抻开绑在脖子上的领带，一把甩出去。眼泪噼里啪啦，嗓音里都是哑哑的哭腔。

老同学们看得发愣，不知道这个平日文质彬彬、不苟言笑的历史系科主任怎么突然如此反常。

晚上十点，张桥刚下火车，就张罗几个同学来KTV唱歌喝酒，这和上学时候几乎不参加社交活动的他截然不同。

凌晨一点，他已经连着唱了十首歌，喝了十几瓶啤酒。

张桥眼神迷离，眉头紧锁，眼镜片上模糊着的都是泪。酒精上头，他站不稳。

他歪歪扭扭地扶着墙，往卫生间去。刚推开卫生间的门，他立马吐得昏天暗地，眼泪鼻涕一大把。

离开北京5年了，他想过很多次重回北京的场景，但从来没想过会是这样。

2

5年前。北京火车站，人头攒动。

张桥提着大包小包从狭小的硬座车厢里侧着身，弯着腰排队下车。

“欸，小蔓呢？”张桥抹了一把脸上的油。坐了一晚上的硬座，脸上出的油可以摊张饼了。

“小蔓你过来了吗？”张桥给周蔓打电话。两个人没买到同一个车厢的票。他在8车，她在9车。“人太多了，你直接下车吧，别往我这儿来了，东西我都拿着呢，放心吧！”张桥耸了耸肩，把肩带已经磨白的双肩包又往前拽了拽。

“我来啦，来啦！”周蔓从后边层层人群中穿过，钻到了他面前。周蔓一米五八，瘦小，锁骨在衬衫的掩映下若隐若现。

今天是周蔓第一次来北京，她刚从广西职业技术学院毕业，来北京面试。而张桥早在三年前就以优异的成绩考到北京，是一名免费师范生，今年大三。

两个人都出生在广西西林县的一个贫困村，屋前屋后，青梅竹马。

“啊，那是雾霾吗？”出了站，周蔓指着被雾霾半遮半掩的“北京站”三个大字问。

“对，这是雾霾。”张桥对着周蔓傻笑着说。

两个人轮流去麦当劳里洗了脸，拆开两盒泡面，泡上热水，蹲在火车站门口吃。

他们笑着夹着对方碗里的面，看着穿梭往来的人，觉得未来在闪闪发光。

3

我喜欢周蔓，具体从什么时候开始我已经记不太清楚了。

她长得俊，眼睛大，说话声音软绵绵的。

但是我从来都不敢表白，因为我希望到我有资本的时候再说。

我之所以叫张桥，是因为我出生的时候，我们村修了第一座桥，我爸是当时的修桥工人，为了纪念这十里八乡的大事，给我取了这个名儿。

从我有记忆以来，日子就是穷的。

房子是简易的板房，下雨下雪的时候漏水，刮风的时候摇摇欲坠。

小时候村上经常停电，家里没有蜡烛，四个姐姐就带着我在村口的草垛处等爸妈下地回来，我经常等着等着就在草垛上睡着了，睡梦中总能感觉到月亮很大，我仿佛睡在月亮里。

那会儿家里虽穷，但生活其乐融融。直到一次偶然的工程意外，我爸受了伤，高位截瘫，我们家的生活瞬间被拽进了冰窖。

母亲开始一个人下地，我们5个孩子也轮番照顾家。我5岁的时候就和8岁的姐姐踩着板凳儿炒菜，锅太大，一个人翻不动，两个人你一边我一边，你炒一下，我翻一下。

洗衣服的时候也要齐心协力，因为小孩的力气小，于是叫上大姐、二姐，三个人一起拧。

给父亲煎药、翻身、擦身子、喂饭，每天和姐姐去集市上捡被扔掉的菜叶子，是年幼的我对于童年的所有回忆。

爸爸瘫痪以后，再也没有露出过笑容。墙上贴的大大小小的我的奖状，是他唯一愿意关注的事。

我刻苦学习，努力考第一，为的是让这个残破的家能有点喜气。

关于贫穷的记忆太多，讲也讲不完。记得有一次我洗完碗进屋，看到父亲在啃骨头。那些骨头是我啃过的，现在父亲用筷子划过去，又啃了一遍。

还有一次吃红烧肉，父亲手指不灵活，没夹好，红烧肉一骨碌掉到了地上。父亲二话没说，弯下腰，把筷子伸得老长，最终把已经沾上灰的红烧肉吃了。

这些记忆都刻在我的骨子里，时时刻刻提醒着我要努力，也时时刻刻提醒着我很贫穷。

姐姐们付出了很多，为了供我上大学，她们都辍学了。我也算是争气考上了北京的大学。为了省学费，我报了大学的免费师范生，没有学费的负担，就是毕了业要回广西县城教书。

反哺家乡，无可厚非。我想得开。北京的灯红酒绿、车水马龙本，对我没什么吸引力，直到周蔓也来了北京。

人生如四季，在有周蔓的日子里，每天都如沐春风。

周蔓来北京以后，我开始拼命地打工，下了课就去辅导小学生写作业。只要有兼职，我就去干。发传单、超市促销啥都干，只要能挣钱。

挣钱不为别的，就为周六日能带周蔓去看北京的话剧、画展、舞台剧，她特别喜欢这些。

那天是她生日，我站在她公司楼下已经两个小时了，她还没下来。

周蔓在一家互联网公司做前台，不到半个月转正，5个月从前台升职为行政主管，月薪从1500元涨到了6000元。

早上没吃饭，我已经觉得饿了。我看着周蔓公司楼下的人工湖发呆，微风从湖边拉起几阵涟漪。

我不敢给她打电话，怕打扰她，也怕她生气。

一阵风吹来，白色的裙摆在旋转门打旋。

“周蔓！”我站起身，往前走。

她冲我笑，也往前走。

后边一个男人追了上来，手里捧着一大束红玫瑰和一个黑色包装盒。

周蔓回头笑，拥抱男人。她太美了，就连和别人拥抱的背影都那么美。

终于到了餐厅，我脸憋得通红。把礼物推到她面前，是我攒钱给她买的iPad。

“谢谢！”周蔓很开心。

但我看得出来，更让她开心的是另外一个盒子，那个黑色的包装盒。

那里边是一个包，羊皮的，香奈儿经典款。

我从小过的就是穷日子、苦日子，来北京以后，饿的时候，交不起房租的时候，我都没觉得自己有多穷。但是当我面对自己心爱的女孩，面对周蔓时，我的自卑让我强烈感觉到，我真的太穷了。

从小时候玩过家家，我就喜欢周蔓，只要周蔓当妈妈，我一准儿抢着当爸爸。

“等我毕业回老家，我就把她带回去。我当老师，攒钱买房子，跟她生孩子。”这是我上次回家时，跟我爸承诺的。

鸡汤文章说，人生最痛苦的是在最无能为力的时候遇到了最想照顾一生的人。这句话，简直是我的心灵写照。

我眼睛湿了，嗓子呜咽了一下，把最后一块儿带脆骨的肉直接咽了下去。

穷的副作用是自卑。不敢谈恋爱，也不敢追求别人，因为一切都要花钱。

贫穷是上帝赋予一部分人的枷锁，有的人能挣脱，有的人终其一身都在其中挣扎。比如我。

吃完饭，那个男人来接周蔓。她跟男人介绍说：“这是我最好的朋友张桥。”我咧嘴笑，带个“最”字让我没有那么难过了。

男人也冲我笑，搂着她进了白色的宝马。

我傻笑着一直目送宝马车消失在街角。拾荒的老人在一旁扒拉垃圾桶，她穿着一个大棉袄，大棉袄上露出了几个洞，洞里的棉花往外钻，头上飘着白色的粉尘，脚上是黑色的千层底，和我脚上的一样。

4

周蔓这个名字是我18岁毕业的时候自己去公安局改的，我的原名叫周翠。

“翠这个字也太土了，肯定找不到好工作啊！”我躺在已经80岁的奶奶腿上说。

“赖名字好养活，傻丫头。”奶奶抚摸着我的长头发说。

我是奶奶抚养大的。我5岁的时候，妈妈吸毒过量猝死，爸爸外出打工，从来没有回来过。在我的记忆里，就好像从来没有爸爸妈妈一样。

时光匆匆，奶奶上了年纪，眼睛越来越模糊，已经进入半失明状态，有时候看不清，直接把喂鸡的食洒到了鸡身上，吓得鸡四处逃窜。

“奶奶有一天没一天了，你得自己去闯一闯了，丫头。”奶奶躺在炕上，摸着我的脊背说。

“奶奶我去给你炒鸡蛋。”我把鸡蛋、蔬菜、洋葱一股脑搅拌在锅里，眼泪扑哧扑哧地流。奶奶养了30多只鸡，却舍不得吃一口鸡蛋，集市上卖的钱都给我上了学。

炕上的半碗鸡蛋，奶奶一口没吃就咽了气。我跪在奶奶脚边撕心裂肺地哭。

下雨天，奶奶出殡。来送奶奶走的人不多，隔壁的陈婶过来上了炷香。已是11月，我的鞋子还露着脚趾。陈婶送来一双鞋，说是给自己孩子买小了。那是一双“adidas”，我打开，看到了雪白的鞋身和雪白的鞋带。

第二天一早，我赶了十几公里的山路，来到“adidas”的专卖店，把鞋子递给柜员。

“这个鞋子没穿过，能不能换钱？”我怯生生地说。

说了几次，还是被拒绝了。我失落地走出门，坐在门口的台阶上，放声痛哭。

我答应过奶奶的，一个人也要活得像个样儿。我擦了眼泪，穿上鞋，拽了拽已经皱了的白裙子，往村子的方向跑。

生活在这个小村子里，过着差很多的生活，吃着差很多的饭菜，穿着差很多的衣服，再过一个差很多的人生吗？我想到这里，浑身都在发抖。

不，我一定要改变命运，我一定要过上好日子。所以一毕业，我就跟着张桥来了北京。

我这种小地方专科学校的毕业生在北京根本没法混，高不成低不就，处处碰壁。找了家上市公司做前台，因为挣得多。

公司安排我们住在员工宿舍，我住上铺，每次上床前，我都先要把自己的鞋子藏到下铺的深处。因为我那双黑色的布鞋在那些品牌鞋中间，是那么的突兀。

一个月6000块，根本不够在北京扎根儿的。我必须想更好的办法。公司的老总每次进公司前都会对我暧昧地笑，我明白，这就是机会。

张桥喜欢我，我不是不知道。很多人说我真傻，也有人说我假傻。我的成长经历告诉我，这世界太多事情，最好的处理的方式就是装傻。

从我第一次和老总出差，我就知道我回不去了，再也回不去了。无论是物质还是精神，老总都能给我带来更多的帮助。

小时候我喜欢张桥，他聪明好学，正直果敢，是全村的骄傲。但贫贱夫妻百事哀，这么简单的道理谁不懂？

我已经受够了贫贱。

我生日那天，张桥送了我iPad，不知道这是他努力多久赚来的钱，他好像瘦了很多。

我在车上往后看，他一直在后边目送着我。我突然很想下车去抱抱他，但是我知道，为了守住现在的生活，我动都不能动。

于是，我和张桥的结果也只能是，有缘无分。

这一晚，我做了个梦。梦到了小时候和奶奶卖玉米。

奶奶卖玉米，算完账发现找钱找多了。奶奶大声喊那个人，但是那个人骑上自行车很快就跑了。奶奶领着我一边往回跑一边哭，奶奶气得索性坐在地上，两腿在地上打着圈儿生气，地上的黄土都起了烟，奶奶的鼻涕流到了嘴里。

那时候的玉米，一块钱。

一块钱对于大多数人来讲，只不过是单程的公交费，一瓶矿泉水，两个馒头，一包榨菜。

而对于奶奶来说，那是众多小希望里的一个希望，也能是压垮骆驼的最后一根稻草。

睡梦里，眼泪流进了我嘴里，是咸的。

贫穷，是上帝给我打下的烙印。

5

5年后再来北京，是参加周蔓的婚礼。5年后的北京，依然拥挤而焕发生机。一下火车，张桥就叫上几个同学出来喝酒，去KTV。

酒过三巡，张桥刷朋友圈，看到周蔓的结婚邀请函。白色的婚纱，俏丽的面庞，微微隆起的小腹。一股刺痛从头到脚。

想想刚毕业那会儿，张桥还不愿放弃。他想好了，只要努力赚钱，然后把违约补偿金还上，这样他就可以留在北京了。然后再努力赚钱，跟周蔓表白，结婚，生子。

但是他那年过年回家，瘫痪的父亲说："毕了业就快回来吧，能分担点儿农活。"

就这样，张桥终究没和周蔓表白，周蔓也终究如愿嫁给了一个北京人，有了她想要的一切。

张桥一边吐，一边哭。哭着哭着累了。

以前穷，没资格选，现在，没得选。

他好像又看到了周蔓好看的侧脸。

"美女你知道穷对人的影响有多大吗？我现在啊，有钱了，可以住酒店，不用在火车站打地铺了。但是我第一次在火车站附近的酒店住完，退了房，却习惯性地去麦当劳洗了脸。洗完了我才想到，酒店是可以洗脸的。我现在已经不用去麦当劳洗脸了。"

月亮和无人便利店

我们每个人生在世界上都是孤独的。每个人都被囚禁在一座铁塔里，只能靠一些符号同别人传达自己的思想；而这些符号并没有共同的价值，因此它们的意义是模糊的、不确定的。我们非常可怜地想把自己心中的财富传送给别人，但是他们却没有接受这些财富的能力。因此我们只能孤独地行走，尽管身体相互依傍却并不在一起，既不了解别的人也不能为别人所了解。

——毛姆《月亮和六便士》

凌晨三点的北京，辽阔而宁静。午夜点起来的灯像江上的船舶，星星点点，粼粼发光。

凌晨三点，在清醒与蒙眬的交界处，在大多数人的酣睡中，不同的故事依然流动在北京城里。

化着浓妆的姑娘在夜路公交车上打着瞌睡，穿着黄色袋鼠衣服的外卖小哥骑着电动车呼啸而过，刷着APP等待接活儿的代驾在折叠的电动车旁蹲着抽烟，低着头含着胸的夜归人滑动着手机走得缓慢。

在北京，在凌晨三点，每个人的心里手里都藏着要保护的东西。

我驶下了京承高速，又是一片灯，没完没了。

凌晨三点，家里的灯不一定亮着。但在黑夜的路旁，无人便利店却泛着黄光，默默地等待着深夜人的故事。白天里烦恼重重的人，卸下包袱来到这里，给胃里加点温暖。

2018年的北京，人们不用带现金出门，一部手机就可以解决衣食住行。

“呲呲呲……”是鞋底划过地面的声音。要不是在寂静的深夜，很难听得清。

吴伟在无人便利店的第二排货架前挪动，他垂着很细的脖子，正低头看一块巧克力蛋糕。

他头低得很深，头发乱蓬蓬的，还有一根执着地立着。两条淡淡的眉毛皱着，额头上有三道还不太深的抬头纹。

无人便利店的门口出现了一个人影，是个姑娘。她扫了二维码，门没推开。她又扫了一次，用身体的侧面撞。门晃荡了两下，还是没开。

吴伟听到门口的声音，三步并两步，往门口走。

门口是个女孩，戴着白色的口罩。惹人注意的是她的耳朵。耳骨中间挂着三个亮晶晶的耳钉，耳垂上吊着一个黑色的大号圆形耳环，耳蜗里塞着白色的耳机。

吴伟按了下按钮，门开了，女孩立马侧着身子从缝隙里钻了进来。

“谢谢哥啊！”女孩从口罩里发出闷闷的声音，她的眼睛化了很浓的妆，睫毛又长又弯，眼线向上飞着。

一进便利店，她就轻跺着双脚，双手合十揉搓着。便利店里显示着室外温度：–5℃，女孩却光着两条笔直而雪白的大腿。吴伟不禁打了个寒战。

“不用谢小妹！”吴伟笑着回答。

女孩看眼前的男人，30岁左右，很瘦很高，没穿秋裤，稍短的裤子露出大半个小腿，脚腕完全裸露着。

女孩凑过来和吴伟握手：“Hi，我是周帆。叫我老周就行！”

“老周你好！”吴伟摸到她冰凉的指尖。后来他才知道，老周其实只有19岁，1998年生人。

“嗡嗡嗡……”手机震动。

“我接个电话啊！”吴伟低声说。

老周点点头，朝便利店深处走去。

“哥，我跟你说北京的这个房价还能涨，必须能涨。我跟你说，北京的房子绝对是所有东西里边最保值的！”吴伟的声音有些嘶哑，他是房地产经纪人。

老周摘下口罩，深陷的眼睛下方两个黑黑的眼窝，眼窝下是口罩勒出来的两道鲜红的印子。

“哥，现在六环的房价也飙到了4万一平了，你这户型越小越不划算，我建议你啊，还是买大的，这样一平方米下来也就3万。”吴伟说着打了个嗝儿，一股酒气迅速蔓延，他的脖子连着脸，都是红的。

虽然喝了不少酒，他话却说得很清楚。

这个客户对吴伟至关重要，最近移居海外，因为时差，吴伟要跟这个客户联系只能在凌晨三点以后。

他一边说着，一边用脖子夹住手机，从斜挎包里掏出来一个吃了一半的紫菜饭团。

老周旋转耳塞，塞得更深了些。她不太喜欢公共场合大声说话还满身酒气的人。

耳机里是摇滚音乐，动次打次，她忍不住脑袋跟着摆。一天没吃饭了，竟然也不怎么饿。

放下手中电话，吴伟嘴上嘟囔着骂了几句：“丫的，真够费劲的了。买是不买您倒是给个准话儿啊！”他咬了最后一口饭团，把包装扔进了门口的垃圾桶。

老周正在脉动和红牛中间徘徊，然后又到巧克力蛋糕和慕斯蛋糕中间徘徊。选择困难症把她难得够呛。

老周就住这附近的小区，不到一公里。自打无人便利店开了以后，她习惯深夜来无人便利店觅食。

吴伟看了眼老周，她在第三排货架前低着头，很安静。他转了个弯儿，到了冷藏区。

他拿起三盒八喜冰激凌，旋转杯体看了一圈，然后就朝门口的自动结算机走，扫了码，他愣了一下。

“老周啊，我的微信零钱不够了，差5块。能给我转5块吗？我支付宝再转你。”吴伟举着八喜冰激凌，冲着不远处的老周说。

老周没听到，她耳机声音很大，剧烈的震动让她听不到任何外界的响动。

吴伟走上前，眯起眼睛，上上下下把老周仔细打量了一番。

“Hi，嘻哈少女！”吴伟拍了拍老周的肩膀。

老周一身supreme的装扮，耳机里也是Hip-Hop，吴伟猜测她是个嘻哈爱好者。

没错，老周是某小型夜店的MC，MC全称Microphone Controller，道上的话就是控麦，控制麦克风的人，通过表演、即兴饶舌等让夜场的人high起来。越嗨，喝得越多，她也就能拿到更多的提成。不过，这只是她的一个谋生手段，她还在网络上录制自己的原创说唱音乐，她的梦想是做一个职业的rap歌手。

“懂行啊，大哥！”老周摘掉耳机，惊讶地说。

不懂行的人乍一看老周，一准儿揣测她为不良少女。她出生在山西临汾，父母在她4岁时就离了婚，她跟着妈妈。她不爱学习，尤爱音乐，4岁时就能看懂五线谱，家里的抽屉里有好几沓她画的歪歪曲曲的五线谱。

“呵！哥我年轻时也是玩儿这个的。早二十年，搞嘻哈音乐，圈儿里没有我不认识的人。”吴伟眼里放着光。

他话音刚落，老周来了兴致，把耳机装进包里，整个人精神奕奕：“哎哟！前辈，来聊聊？”老周晃动着她的脏辫，用手肘撞了撞吴伟的胳膊。

“哈哈！都是凌晨三点不睡觉的人，那就聊聊！”吴伟扑哧一笑。

吴伟是地道的北京人，在胡同里长大，不过他们家的房子没赶上拆迁，他目前还是和爸妈住在房山的一套老房子里，跟那些动辄几套房子的北京人不同，他的生活压力并不比北漂人的压力小。

“我们那时候，日子过得清净，我知道嘻哈是在电视里，几个黑人在电视里饶舌，那感觉太带劲了。那节奏！后来我就开始跟着学说唱，自己也说唱，没事儿就在胡同里唱。”

“厉害啊！我也是在电视里看到的，但我妈老说我这是不务正业，她说嘻哈就是流氓音乐，永远上不了台面。”老周说着头就耷拉了下来。

“哎呀，老一辈人都那样。我爸我妈也是，他们就觉得考公务员这些是务正业，懂艺术的人都少，别灰心，音乐就是给懂的人听的。”吴伟一本正经地说。

老周使劲儿点头：“哥，20年前的北京嘻哈是啥样儿的？”

“要说那时候啊，首先，北京还不是这样的。”吴伟突然整个人失落了起来。

他印象里的北京城，并不是高楼林立的，那时候路边很多好吃地道的小馆子、玩意儿众多的小卖铺，胡同里是提笼架鸟的、打太极拳的、吊嗓子的、沿街叫卖磨剪子的。

“你躺床上闭着眼都知道，这是北京！”吴伟感慨。

那会儿日子清淡而悠长，胡同里的爷爷奶奶搬上小马扎，往门口的槐树下面一坐，聊家常，唠历史。年轻的大人们，拿着小板凳坐在路灯下面，借着路灯的光线打扑克。

“不然来一段哥！”老周怂恿。

吴伟没推辞，直接站起身就唱：“Hey，听着，我想要引起注意，就好像病毒瘟疫，是的没错，我买不起爱玛电动车，一不小心还会挂科，天天大话胡扯活得就像loser……”

老周打着节拍，腰和脖子跟着一起扭。两个人用半英半中的嘻哈腔话热火朝天地侃大山。

对北京frustrated，对夜店老板disappointed，自己经常的helpless，对《中国有嘻哈》里的GAI的flow表现hopeless。老周立誓要成为“世界第一freestyle”，吴伟听了一个劲儿鼓掌。

说得口干舌燥，吴伟打开了一盒八喜冰激凌，他用小勺细致地挖了几口吃。

“这么冷的天儿，还吃冰激凌啊？”老周好奇地问吴伟。

他苦笑了一声：“穷的时候也爱过一姑娘，她呀就爱吃这八喜冰激凌，我今天啊想她了，就想买一盒吃。”

老周瘪了瘪嘴，眼圈一下子就红了。“哥，你也是性情中人啊。”老周小声地嘀咕。

“唉，都过去的事儿了。我俩是大学同学，大一在一起的，大四就分手了。”吴伟双手捧着八喜冰激凌，转了一圈。

“为什么分手呢？”老周忍不住问。

“父母不同意呗，女孩家是杭州的。我们村流行个简单的逻辑：儿子娶到‘北京城里人’，爹妈昂着头走；娶本村的媳妇，勉强混个中等；要是娶了外地人，爹妈是一准儿在村里抬不起头了。”吴伟沉吟着说。

打了半天电话，又唱了歌，此刻他的嗓子已经很干涩。他咒骂了一句："去他的北京户口！"

和女孩分开的十年间，吴伟四季都吃八喜，因为那个人已经扎根在他心里了。

"那会儿她就爱吃八喜，说人生有八喜。和你在一起，和你在一起，和你在一起……"吴伟重复了八遍，和你在一起。

老周把头埋在两膝间，无声地流眼泪。

有人唱爱情像龙卷风，有人唱爱情像喝上头的酒，也有人唱爱情像易碎的水晶。老周觉得爱情是鬼，遇到了，就是见鬼了。

"我这还琢磨着，我现在可以脱离父母的经济管制了，打算去杭州找她。但是一看她微博，头像是一家三口，她连孩子都有了。我是彻底吃不了回头草了！"吴伟舀起一大块冰激凌，直接塞到了嘴里。

他无精打采，眼睛里晃着泪珠。老周情绪也有点低落，呆愣愣地看着货架上一袋绿色的海苔。

"说来也奇怪，我妈是安徽人，嫁给我爸这个北京人，两个人一辈子感情都不错。可是偏偏到我这儿就死活不行！"吴伟盖上冰激凌盖，叹着气说。

"为什么不让娶外地人？"老周撑起脑袋，眉毛皱着，非常好奇。

"外地人就是为了骗咱家的钱和房。我妈每次重复的都是这逻辑，翻来覆去都是这一个套路。"说罢，吴伟双手环抱住后脖子，陷入了沉思。

"嗯。"老周发呆发得沉，回不过来神。和父母沟通、讲道理，也是她长这么大觉得最难的事。

“所以北京人是歧视外地人咯？”老周转头盯着吴伟看。

“歧视啥啊，北京要是没有外地人能建设这么好吗？只是涉及房产啊、利益什么的，老一辈人想得多。”吴伟立马解释。在他心里，本来就不该有什么地域歧视。

他跟他爸妈解释过很多次，女孩已经在燕郊买房子了，不是看上他家的房子。可是他妈，始终固执己见。

隔代沟通的障碍，不只是偏见，还有根植于传统观念里畸形的价值观。

“嗯呐！”老周收起嘴角的失落，努力笑。

“哥我得回家写歌了。祝你多卖房子！”老周抹着眼角渗出的眼泪，起身说。

每天下班老周都会来便利店里买上啤酒和红牛，回家创作新歌。宁静的凌晨和酒精会让她很快进入状态，很多新歌就是在凌晨三点创作出来的。

“我开车了，我送你一程！”吴伟也站起来，掏出手机，“不过我喝酒了，得叫个代驾。”

“不用了哥，我这近着呢。走两步就到了！”老周烟渍覆盖的淡黄色牙齿若隐若现，和19岁稚嫩的脸并不太搭。

“那成！有机会一起演出去。”吴伟抽出根烟递给老周。

“不抽了哥，感冒了嗓子疼！”老周指着自己的嗓子。她的锁骨处还文着一株黑色的向日葵。

凌晨三点五十分，两个人一起走出了便利店。

一阵凉风吹过来，老周剧烈地咳嗽起来，整个上半身向前耸着，喉咙里呲呲啦啦地响。

“哎哟，这大冷的天儿，以后可多穿点吧！”吴伟在一旁拍老周的后背。

“没事儿，没事儿！”老周直起腰，清了清嗓子说。

不规律的作息，不规律的饮食，支撑老周的是年轻的身体和放不下的嘻哈梦。

“嗨，哥！你看，月亮！”老周惊呼。

吴伟顺着老周指的方向看。

“太美了！”

两个人仰头看月亮。

今晚的月亮尤其亮，月光照着树，映着无人便利店拉长的影子，一地银白。

这是我拉顺风车以来，第一次做代驾。做代驾不太安全，因为拉的基本是醉汉。但醉汉的故事多。

我上了吴伟的车，迅速察看了一遍车内状况。扶手箱里放着一塑料袋的板蓝根，挡风玻璃下方是一个小瓶子，里边是幸运星。“那是我姑娘叠的，说能保爸爸平安。”

我点点头：“没想到你这么年轻都当爸爸了。”

“是啊，都是爹妈安排的。”他言语里有失落。

车子在二环盘着桥，透过车窗看，此时的北京仿佛空无一人。

吴伟打开音乐，连着三首都是郑智化的歌。

“他说风雨中这点痛算什么，擦干泪不要问，为什么。”

苍老脸上的皱纹与你年轻不妥协的灵魂

与你年轻时相比，我更爱你现在备受摧残的容颜。

——杜拉斯《情人》

年轻时，我们总说："我老了可不这样！"年轻人总觉得老了的时候，自己会变成年轻时候期待的样子。

在陈爷爷的故事里，我却看到了另外一个道理。我明白了，其实当我们真正变老时，也许我们都会成为自己讨厌的样子。

1

50年前，陈柱25岁。

春节前，陈柱得到了部队的批准，今年可以回家和父母过年了。清晨六点，陈柱一家5口围坐在桌边吃年夜饭，爷爷突然发话说："我在明水那套房子打算给二黑了。"

陈柱妈听到，立马摔了筷子去了厨房，他爸也不说话，就一直扒饭。

爷爷已经在陈柱家住了十年，都是陈柱父母在照顾。而爷爷嘴中的二黑只是他们家曾经的一个邻居，平时总会来看爷爷，陪爷爷聊天、下棋，关心爷爷的心肝脾肺肾。村里的人都说那个二黑就是看上了爷爷家的房，爷爷搬走后那个房子一直空着，二黑就一直想把爷爷的房子和自己的房子打通，自建一个小阁楼。

大家都明白得很，也都看得很清楚，唯独爷爷认为二黑是真关心他。陈柱心里默默地想，爷爷真是老糊涂了，我以后老了可不会像他那么傻，这点儿事儿都看不出来。

50年后，陈柱75岁。

清晨六点，北京。

陈柱脊背挺得笔直，这是当年当兵留下来的习惯。已近深秋，他还穿着短袖，蓝色七分短裤，蓝色船鞋，灰色的长袜过了脚踝，包住小腿。

他从兜里抽出一根烟，咳嗽了一声，把烟点着，又看了看右手腕上的劳力士手表，这是上次他生日儿子送给他的，说是好几万。无论冬天夏天，吃饭睡觉，他都要戴着这块表，尤其和战友老吴下象棋的时候。

叮铃叮铃，手机在陈柱口袋里响。他眯着眼睛看："女儿！"是女儿的电话。

陈柱有一儿一女，女儿在上海，他和儿子在北京。

"姑娘啊，你终于想起你老爸了啊！"陈柱抻着脖子，满脸堆满了笑容。

“姑娘你那天热不热啊，注意别中暑啊！”陈柱扯着嗓子喊，生怕女儿听不到。

“行了啊，没事儿别老打了，电话费挺贵的。”说完，陈柱把眼睛眯成一条缝，几乎是贴到手机屏幕上，用手点了挂断键。

这是女儿给他买的智能手机，华为，大屏幕，电池耐用。买来以后，女儿讲了几句，就没再跟自己说咋用，用了这么久，就学会了个接电话，打电话。

他掐灭烟，放下跷起的二郎腿，站起身往小区的公园走。刚迈出几步，一只手钻进了他背着的胳膊间，“叔叔！”清脆的女声从身后传来，陈柱回头看到了朱静。

“哎哟，丫头啊！”陈柱笑着，高兴得合不拢嘴。朱静是中国医师协会的医生，经常在小区给老人们进行免费体检，普及健康知识，有时候还送锅碗瓢盆给老人，是小区老人们心里的好姑娘。

“陈叔去公园遛弯儿啊。”朱静挽着陈柱的胳膊，朝公园走。

“对啊。丫头你今天不去医院上班啊？”陈柱一边说话，一边用手抻了抻自己的运动上衣。

“今天休息叔。晓娜他们正在公园搞活动呢。走咱们去看看！”朱静指着公园门口，几个青年男女正在忙活。

拉起的红色横幅上，贴着“关爱老人进小区”几个黄色的大字。

“放长线、钓大鱼”是朱静所在的保健品诈骗公司的策略，他们已经在这个小区给老人免费测血压、测血糖长达8个月了，为的就是这一周的保健品的销售。

陈柱是朱静负责的重点老人，她对陈柱的性格、爱好以及收入情况都进行了细致的分析，并和他建立了深厚的友谊。

公园门口已经汇集了众多老人，他们争相拿着一份产品说明传看。三张漆黄色的桌子上摆满了“XX口服液”的盒子，地上也堆着十几箱。

“叔叔阿姨，静一静啊！跟叔叔阿姨们接触了也有大半年了，上次李阿姨就问我，能不能给大家介绍点治疗咱们老年朋友这个心脑血管病的药，我们集团领导一商量，今天啊就给大家带来了这款……”桌子旁边，一个西装革履的男孩拿着一只喇叭在宣讲，他声音稚嫩，说词儿的时候却无比流畅和熟练。

天气热，豆大的汗珠从男孩的头发间往耳朵后钻。男孩叫赵明，初中毕业就来到了这个保健品公司。

“这个产品啊，是通过复杂的工艺流程提取的名贵药材的黏稠物质，只要喝两个疗程，你这颈椎病、腰椎病、腿疼、心梗、脑血栓都立马药到病除。”

“如果有条件，大家可以尝试买一点。”以退为进的介绍，不劝老人立马买，是话术的一部分。

“叔叔，这个产品能延年益寿，您这身子骨硬实，再吃上这个药啊，身体一准儿更棒了！”朱静在陈柱耳旁一边念叨，一边用余光偷瞄着陈柱。她是公司连续三个月的销售冠军，每月能挣一万多。

几个老人七嘴八舌地在花坛边议论。

“延年益寿，治病保命，那小赵说得对啊，啥能比命重要？”老张一边敲着腿一边冲陈柱说。

“就是的，小赵说得真好！咱们啊，辛苦了大半辈子了，临老了，就得知道珍惜自个儿的身体！”来自东北的李妈接茬。和这个保健品公司接触的时间也不短了，好几次她都想认赵明当干儿子。

“就说啊，我那儿子啊天天就知道跟我这儿要钱，对我这身体真是不闻不问的。”李老头也支支吾吾地跟着絮叨了两句。

“关键是这能彻底治愈啊，人家小伙子说啊，无毒副作用，不好使还给退钱呢！”腿脚不利落，一直是胡大嫂的一块心病。

“挣了一辈子的钱，留着干啥？”陈柱琢磨着朱静的话。

2

老人们讨论完，就各自回家去拿银行卡。陈柱也往家走，回去拿自己的存折。

他和别的老人不一样，他当过兵，早就看淡生死，他不怕死。但是老了以后，他发现，他怕的是孤独。他想到朱静一口一个“叔叔”叫得甜，儿子儿媳上班后，她也总来陪自己聊天，还有好几次帮他做饭，给他送水果，听他讲当兵时候的事儿。这一转眼，都大半年的时间了。

“这生老病死的，都是生物发展规律，哪能有什么延年益寿的办法？”陈柱瘪了瘪嘴，他的嘴里已经没几颗牙了，嘴唇向里面瘪着。

他想着，从抽屉里拿出一个蓝色方巾包成的小包，里边包着的是自己的存折。

拿上存折，他又拿出个红色布兜去装冰箱里的冰棍，“这么热的天，可是要把孩子们热坏了……”

70岁以后，陈柱开始变得越来越固执，什么都听不进去。儿子女儿都说他是倔老头。

但是朱静的话陈柱爱听，她关心自己的身体和精神。有一次晚上不舒服，朱静还半夜三更地陪他去医院，他心里都记得清楚。

他正要出门，儿子回来了。儿子一把推开门，看到陈柱手里握着的存折。一股怒火从两肋一下蹿了上来。他怒气冲冲：“爸，你是不是要去买那个骗人的保健品去？居委会都给我打电话了，说那是骗人的！”

“骗人的怎么了，我愿意被骗！”陈柱瞪大了眼睛，眉毛也跟着一根根竖了起来。“骗子也比你强。朱静是个好姑娘……”

“好姑娘，好姑娘，你都说多少遍了！人家跟你非亲非故的，为啥对你好啊？还不是看你兜里有几个钱。爸，我咋说你现在越老越糊涂呢，你年轻时候的聪明劲儿哪去了啊？你怎么现在好人坏人都分不出来了呢！”边说着，儿子就去拽他手里的存折。

“混账东西！”陈柱松了手，嘴里骂道。他的脸像蜡一样黄，嘴唇都发白了。

“我就愿意买！她对我好！我不能让她这么好，还赚不到钱！”说完，他一个人径自下了楼。后面是暴跳如雷的儿子，他听到冰棍摔在地上的啪啪声。

陈柱灰白的胡子一颤一颤的，他全身都在瑟瑟发抖，深陷的眼窝里都是泪。

“呵，年轻就是好啊，老了和你比不了了。”

他看着脚下的楼梯越来越大，大到一下就和自己撞了个满怀。他脚一歪，骨碌一下一头栽倒在地上。

3

清晨六点，北京。陈柱推着四个轱辘的手推车正从菜市场走出来，他一步并作两步，用手推车前轱辘拨开密实的人群，小腿抬起来的时候，整根腿都在裤管里打战。

那天陈柱醒来以后，发现自己不仅不能像原来健步如飞，整个身体也控制不住地抖动。

他再也没见过朱静。听陈妈说，除了他俩那天被儿女挡住没去买保健品，其他的老人都买了，警察上门调查，说老人们都被骗了。

北京警方端掉了这个诈骗团伙，依法拘留了10名犯罪嫌疑人。据说，这个团伙共作案42起，骗了老人们200多万。

出了市场的大门，距离平地还有一节台阶。陈柱小心翼翼地把手推车前轱辘抬起放到台阶上，左脚迈下台阶，支住身体，右脚向下控制着腿的不规则抖动，双手紧紧抓住手推车扶手，背向后仰，右脚稳当地落下去。这个完美的下台阶动作，他练了十几次，才能像如今这么流畅。

今天是他走得最远的一次。他一直走到了市场最深处卖柴鸡蛋的那家店铺。孙子康康要吃鸡蛋羹，他盘算着，柴鸡蛋更有营养，于是一早推着车来市场买。

陈柱是四年前来北京的，那时候儿媳妇刚刚生下了孙子康康，因为工作忙，儿子跟他商量来北京帮忙照顾孩子。陈柱高兴，当天晚上直接从杭州奔到了北京。

刚开始的三年一家人也算和谐融洽，直到2016年，他和儿媳妇的矛盾越来越多。他好像做什么都是不对的，孩子不吃饭他跟着喂不对，跟孩子说慢点跑别摔着也不对，给孩子买了点儿零食吃也不对，给孩子系鞋带穿衣服也不对……

儿媳妇动不动就要跟他嚷嚷起来："爸，您不能这么教育孩子！"

陈柱想着自己起早贪黑地伺候一家人，儿子非但不理解，还每天一副好像自己在害孙子的样子，说起话来也是火药味儿十足。儿子能心平气和地和孙子说话，耐心满满地和宠物猫聊天，却唯独不能好好和自己说话。每次想到这儿，他心里憋得慌，总像压着点什么。

陈柱和儿媳的矛盾彻底激化，是在2017年夏天。那天孙子康康正在睡觉，陈柱一边拿着摇扇给孙子轻轻扇风，一边把一本历史书垫到孙子头底下。陈柱老家流传着"给宝宝睡平头"的说法，这样睡出来的孩子天庭饱满、地阁方圆，是福相。

儿媳妇下班，推开门叫了声爸，便到婴儿房看孩子。陈柱正抬头，儿媳的脸瞬间变了色，歇斯底里地冲他吼："爸您干吗呢？怎么能给康康枕书啊，这样会影响他脑部发育的！"

陈柱一愣，正要反驳，儿子也到了家。儿子听着儿媳妇的控诉，马上跟着喊："爸啊，您一天怎么就不干点好事啊！"康康被凌厉的声音吵醒，哭声瞬间响彻房间。

"我当年就是这么给你睡的，你看谁不说你的头型好看啊！"陈柱媳妇死得早，一儿一女都是他拉扯大的，又当爹又当妈。

"那都是什么年代的事儿了啊，现在谁还流行平头啊，爸您怎么一天净给我添乱啊。"儿子抱起康康，抚慰着满脸泪水的孩子。

"添乱？我来这儿给他添乱了？"陈柱心里委屈。

"我当年生你，就是这么养活你的，也没见你脑袋有啥问题。我也不是没养过孩子。我当年照顾你的时候，我就是……"陈柱急得嘴抽动着，一直重复地絮叨。儿子儿媳已经摔门去了客厅。

"蒸鸡蛋羹能不能放盐来着？"陈柱突然停下步，看着花坛里的一株郁金香发呆。

"上次儿媳妇说几岁之前孩子不能吃盐来着？现在康康几岁了？"他脑子好像突然短了路，怎么都记不起来那一次关于盐的争论是什么时候了。

他想起了那天老战友跟自己说的话："你说咱是主人吧，说了也不算；是客人吧，啥活儿都干；是保姆吧，一分钱不赚，外搭钱还不算；是志愿者吧，还没人点赞。”

陈柱想着老战友的这一段顺口溜，摇摇头，叹了口气，脑门上的抬头纹更深了。

“算了算了，我老了，无所谓了。”他心里想。

“叔叔您一个人去做白内障手术啊？”我看着副驾的老人，他瘦骨嶙峋，头上戴着一顶灰色的鸭舌帽。

“是啊姑娘，没啥事儿。医生说了，小病，手术简单着呢。”陈柱说着闭上了眼。

北京的地铁里，没有人在假装生活

让山无静树，川无停流。

——《世说新语·文学》

接到赵成昆时，他还没来得及脱下工作服。那时是冬天，他却穿着短袖上衣。红色短袖上斜挎着一个白色的带子，上边写着：北京平安地铁。后边还有字，但是被他拿着画板的手遮住了。

他讲故事很有意思，好几次我都笑出了声。

我是赵成昆，26岁，自由职业者，生活在一碗羊杂汤就要18块的北京。目前住在南六环的一个没窗户的隔断里，房间2米乘3米，唯一的财产是一只从地铁口捡来的纯白的猫。

值得一提的是，我有一个淘宝店，我画画，也卖画，生意好的时候，一个月能赚7000多块，那这个月我就敢开空调了。哦，对，也可以洗热水澡了，毕竟电费不便宜。

2017年，我做了一个重要的改变。我不再宅在又潮又吵的家里埋头画画，我准备走出去见见人，我报名参加了北京平安地铁志愿者。

喔，这是地铁涨价后我第一次来地铁站。经历了系列的培训、考试，如今，我上岗三个月了，脑袋里经常循环播放着："根据《北京市轨道交通运营安全条例》《北京市轨道交通禁止携带物品目录》的有关规定……一分安检，十分安全……"

地铁，承载着城市的希望和人们的梦想，很多故事在发生，有的啼笑皆非，有的血脉偾张，也有的爱意满满。现在，让我带你看看早高峰的北京。

1

全国高峰看北京，北京高峰看大兴。对于大兴早高峰的盛况，我一直有所耳闻。志愿者上岗的第一天，我就被安排在了4号线新宫这一站。

今天我的工作是客流疏导，和我搭档的是一名已经60岁的北京阿姨，叫陈淑珍。陈阿姨嘴略大，国字脸，爱聊天，平日出没于胡同、广场、公园和地铁志愿者服务站。当然阿姨做志愿者，并不是为了一个月那6张免费票。陈阿姨是根正苗红的社会主义接班人，祖辈六代都是从事革命事业的，到了新时代，她也不甘落后，立志为祖国继续做贡献。

4号线是北京大兴人和河北固安人进京的必经线路。穿梭在4号线的上班族，必须具备良好的身体素质和持久的战斗力，尤其在新宫这一站，上不上得去车，一靠造化，二靠抗挤压和伸缩能力。

早上七点十分，陈阿姨已经放下保温水壶，做好了一会儿塞人的准备。排在下楼梯口第一排的是一个穿着红色大衣的姑娘，她头发很长，柔顺地披在肩上，已经遮住了屁股。我在陈阿姨侧面指挥着人群有序排队，瞥见红衣女孩左手拿着一本《月亮和六便士》，右手握着一杯豆浆，她一边低头吮吸豆浆，一边张望着过来的地铁。

不出我意料的话，带书还敢带豆浆的并不是敢于直面拥挤的斗士，而是第一次在新宫站坐4号线的新人。列车驶入，下了零星的几个人，女孩朝车厢里看了看，发现人很多，皱了皱眉，靠到边上，准备等下一趟。又低头喝了一口豆浆，说时迟那时快，她突然被排在后边的队伍一下子推进了车厢。瞬间被塞进车厢的红衣女孩急促地呼喊："欸，小心，豆浆！欸，我的书！"

伴随着滴滴滴滴的关门警报声，我看到女孩雪白的胳膊高高地举着，上边是一杯包着塑料袋的红色包装盒豆浆。

车门关了，又滴滴地反弹回来。我又听到了女孩的声音："我的……我的鞋！"

陈阿姨捡起夹在地铁门缝里的白色高跟鞋，塞进了车厢。

"姑娘，鞋给你放进去了啊！一会儿下车你看着点！"

"谢……"谢的声音伴随着呼啸而去的风声穿过隧道，摔碎在地铁轨道里。

我跟红衣女孩萍水相逢，隔着轨道屏蔽门，看到她用力地转身，举着豆浆艰难地挪动到车门口，然后，我清楚地看到，她红色的大衣被挤开了，露出白色的衬衣，和被蹭歪的黑色bra……

我有点愧疚，因为我居然可耻地笑了。但我脑海里依然回响着一句话："莫欺少年穷，莫欺少年穷！"

2

早上七点二十，地铁1号线大望路站。

"我就跟你说八点后再出门再出门，你非得不到七点就走，你看这人多的啊！"说话的是一个年过半百的老人，一头灰白的头发梳得很整齐。

"八点就来不及了，跟你说几遍了。儿子七点去送壮壮，送完两人就要去山东了。咱俩十点到不了那儿，就又看不着儿子了，又得等十天半个月的了。"老太太白头发没那么多，在乌黑的头发里若隐若现。

"看看看，你就知道看。他怎么不去看我们啊？天天我们这大老远从苹果园往四惠跑，这儿子都是你惯的！"老头气呼呼地说，脸上一撮短而硬的八字胡跟着嘴巴扭曲着。

"别嘟囔了！这么多人呢！"老太太下意识地拽了拽老伴儿的衣服，她的手里外都是老茧，食指弯曲着伸不直。

"还不让人说了！我就说不应该这个点儿就出门！"老头儿甩开老伴儿的胳膊又开始碎碎念。

飞驰的列车，轰隆隆的车轮撞击着铁轨，狭小而拥挤的车厢里，人们低着头，有的在玩手机，有的在打瞌睡。两个老人的吵闹声在车厢里回荡，声音不大不小，却并不让人觉得讨厌。

“前方到站，四惠站。”车上的广播响起，人们陆续挪动着到门口下车。

“都退休了，还这么折腾，不知道自己有高血压吗？大早上非挤地铁挤地铁。我是怕你不舒服！”老头儿还在抱怨，他有点儿驼背，从脖子到背部轻轻隆起，像一个弯曲的拐棍儿。

“你这个老头子一天到晚磨磨道道，我身体好着呢我。你甭担心我跟你说。你自己一把老骨头了别在那儿自己生闷气，本来心脏就不好。”老太太叹了口气，白了老头儿一眼，慢慢地挪动着往车门口凑。

列车停稳，开门。车厢像刚剧烈摇晃过的可乐瓶，一打开瓶盖，气泡喷涌而出，如潮的人流从车厢内一泄而出，老太太跟着人流一瞬被拥下了车。而老头儿，还没等下车，就又被突然上车的两个姑娘挤回了车厢。

老头晃悠着，“欸，欸？我下车，我……下……车啊……”正说着，老头儿就被人群簇拥着挤到了车厢更深处。

老头儿扒拉着人群说：“借过啊，借过，我要下车！”他眉头紧蹙，眼角处堆满了皱纹。

好不容易挪到了车门正要下车，车门已经关了。他看着老太太在车厢外比比画画地说着什么，他突然撑住车门处的扶手大笑了起来，他笑的声音很大，眼泪在眼圈里打转，笑得驼下来的背更驼了。

“这傻老婆子，哈哈哈……”老头儿一扫头顶抱怨的阴云，笑得前仰后合，眼睛眯成了一条线。

人生没有什么迈不过去的坎儿，只有下不去的地铁。虽然和老婆子吵吵闹闹几十年，她却还是那个站在外边等着他的人，即使他坐过了站，她还是会在原地等他。

3

在5号线立水桥工作是我的荣幸。立水桥是5号线和13号线的换乘站，这里涌动着天通苑的民工和去西二旗的程序员。这一站也被称为“烈士站”，在此站换乘的人需具备良好的心理素质，各色人群在车厢里各显神通，充分发挥着挤地铁的技能。

早上七点半，刚挤上地铁的一男一女正在吵架，很明显他们并不认识。

“我跟你说啊，你就是个二流子！”女孩咬牙切齿。

“我怎么二流子了？”

“你在后边踩了我！”

“这人这么多我又不是故意的，我刚抬一下脚，再落下的时候就是你的脚，怨我吗？”男人不甘示弱。

“你明明就是故意的，没素质！”女孩环抱着胳膊，白了男人一眼。

“地铁人就这么多，就是这么挤，谁都没招儿，您要怕挤啊，去坐飞机啊，那宽敞还快！”男人拿出撒手锏，这是吵架的最高境界，顾左右而言他。

两个人嗓音洪亮，从开始叽叽歪歪到互相问候父母。全程不到十分钟。左手边玩开心消消乐的女孩放下了手机，右手边正在打“炉石传说”的也回过头，车厢里有人举起手机开始录视频。

“欸，欸，你后边那个男的偷你钱包了！”男人突然指着女孩后边的一个人影说。

女孩低头，看到了自己已经被拉开的包。转身，一个人影正灵活地从人群里穿梭，往门口走去。

“师傅别停车我的钱包被偷了！”说完她拍了下自己的脑门儿，这也不是公交，哪有人给你不停车。“不是，我的钱包被偷了，大家快帮我抓住他！”女孩边说边跟着人影快速挪动着向前追。

戴着鸭舌帽的人影已经到了门口，此时地铁已经到了上地站，车门即将开启，人影扶住地铁把手，已经做好了冲刺的准备。

然而，还没等他下，汹涌的人群一拥而入，一股迷之力量又将人影挤回了车厢，几个下车的人也用胳膊肘怼着人影，最终，成功把人影挤到了车厢中间，女孩迅速靠近，抓住了人影的胳膊。

后来，女孩报了警，作证的是刚和她吵架的男人。

地铁，这座生长在地下的另一个北京，拥挤而狭小，沉闷而压抑，而穿梭于其中的人形形色色，各式各样，却也充满着各种爱与欢乐。

“所以作为地铁志愿者，你的职责是啥？”我问。

“我的职责啊，就是把人推进车厢，如果推不进去，还要负责把人拉出来。我每天都能看到各种人、各种故事，不管是内衣扣被挤开的女孩，还是双脚腾空、胸闷窒息的男孩，早高峰的地铁有很多故事，这些故事每天都在流动着，穿梭着，口口相传着。”他笑着回答，两个酒窝在两颊若隐若现。

爱恨情仇事务所

幸福的家庭总是相似，不幸的家庭却各有各的不幸。

——列夫·托尔斯泰《安娜·卡列尼娜》

他30多岁，小眼睛，个子很高，戴黑框眼镜。我在民政局门口接上他，那时候大概是晚上八点。

他说他工作的地方很神秘，因为没有一个地方能藏住这么多爱恨情仇。

1

2008年，拉萨“3·14”打砸抢烧，汶川地震，国际金融危机，北京奥运会，神舟七号发射，三鹿奶粉被曝三聚氰胺，奥巴马当选美国第44任总统。

我，大学毕业通过招聘考试进入民政局，成为一名婚姻登记员。到2017年7月9日，工作了11年3个月零2天。

说到这个工作，可能大多数人会认为，只是盖个戳而已。

事实上，除了盖戳，这里是一个最让人五味杂陈的地方。

有人在这里说“我愿意”，有人这里说“我受够了”，也有人什么都不说。

我们的工作是轮岗的，我办过上万对儿结婚，也办过近万对儿离婚。相比结婚，我体会更深的是，离婚才是直面人性的最好现场。

现在让我带你看看上午九点的离婚现场。

北京某民政局。刚到上班时间，一个男人拎着一个啤酒瓶，怒气冲冲地进了大厅。

“今天必须把这个婚离了！”面前这个男人，身高一米七左右，头上有个虫子一样的疤。他攥着拳头，扭动着微胖的身体，说话间嘴里都是酒气。

这种场景我已经见怪不怪，“请问女方呢？”

“来来来，叫你呢！听见没？”男人硕大的身躯从窗口处移了下，一边招手，一边冲门口的方向喊。

从他隆起的肚子侧方，我看到门口一个羸弱的女人的身影，她身上只穿了一件睡衣，弱不禁风，摇摇欲坠的样子。

女人缓慢地往前走，婚姻登记处的目光都涌向了她。她身高一米六左右，非常瘦，锁骨在V字形的睡衣领间若隐若现。

“我……我……你刚才拽我出来的时候太……太着急了，户口本忘记拿了。”她声音颤抖，双手环抱在胸前，手指用力地捏着胳膊。

“你不带户口本你跟我干啥来了？”男人面部狰狞。

“那今天，不然就别离了，老公！”女人扑通一声跪在了地上，她弓着背，默默抽泣。

男人咬牙切齿："白静啊，白静！你真是个婊子！"话音刚落，他把啤酒瓶举过头顶，直冲后边的女人去。

我一个箭步推开登记室的门，走到大厅内，抓住了男人举起的手，一把夺过他手里的啤酒瓶："先生这里是民政局，别在这里闹！"

我高他20厘米，抓住他手的时候，他的眼睛里充斥着怒火，随后又慢慢散去，咬了咬牙。

旁边的保安小罗提着警棍往我这边冲，结婚登记处的登记员也出来了。

"资料不全是不能办理离婚的，你们先回家准备，明天再过来。"负责心理咨询的咨询师丽丽一边用身体挡住女人，一边摆着手说。

"不能办？你说的是真的吗？"男人的手突然没了力气，双臂无力地垂在身体两侧。

婚姻登记处有个不成文的规定，劝和不劝分。因为有的离婚只是一时冲动，夫妻有点小矛盾就来办离婚的太多了，所以登记处会有心理咨询师在必要时进行专业的心理疏导。

确实有这种情况，两个人怒气冲冲地来，走的时候又牵起了手。

"可以办！您给家里打个电话，让把户口本送过来。"我撸了撸袖子冲男人说。

我猜想，这男人十有八九家暴。

我能感受到来自四周的目光，那并不是向解围英雄投来的赞赏，而是——奇怪。目光仿佛在说，人家小夫妻的事儿关你什么事儿，逞什么能？还有帮离婚的，真是有意思了。

可我觉得，有些婚姻并不适合劝和。那些什么“宁拆十座庙，不毁一桩婚”的理论，有时候真的是绑架。

“不行！”一旁的女人连连摇头，浑身发抖，小声地说。

咨询师丽丽已为人母，非常同情女人的遭遇。她抚摸着女人的背，安慰说：“别难过，都会好的。”

女人猛地抬起脸，虽然没化妆，但看得出是个很漂亮的姑娘，精致的五官，挺直的鼻子，白皙的皮肤——美人胚子。

她甩开丽丽的手，眼珠子瞬间瞪得老大，“你不是我，你怎么知道我能好！我根本好不了了！”

她起身，一把推开我，直奔男人跟前，血红色的眼睛仿佛喷着火。

男人刚才的气焰消掉了一半，咽了口口水。

女人抓起男人胳膊，一口咬了下去。

“啊啊啊！”男人尖利的叫声响彻大厅，所有人的目光都集中到了这场闹剧。

“啊……你松开！松开！”男人推开女人，踉跄着退后两步，白色的衬衫已经渗出了血迹。

血从袖口处流出来，从指间流到地上，滴答滴答。

“你这个疯子啊！”男人哭叫着喊。

“活该！这种男人活该！”一旁的保洁阿姨幽幽地说，左手还握着一把扫帚。

人群里窸窸窣窣的议论，大多都向男人投了白眼，尽管此刻，他是个受害者。

男人捂着胳膊，瘫坐在登记处的椅子上。他仰面靠在椅子上，眼泪从眼角往外流：“你们是不是以为我对她不好，我是渣男，现在又要抛弃她，是吗？真是笑话啊！”

男人的哭腔越来越重，边哭边解开白色衬衫的扣子，惨白的皮肤若隐若现。

扣子全部解开了，他起身环视大厅，说：“大家知道为什么都大夏天了，我还穿着长袖吗？”

人群里没人回应。

“自从和这个女人结婚后，我就没穿过短袖。因为我全身都是她爱我的痕迹！”男人褪去衬衫，全场哗然。

前胸布满了横七竖八的红色挠痕，很多一气呵成，从脖子直接挠到肚脐。挠痕中间还有青一块紫一块的掐痕。

“她出轨，我要跟她离婚，她就哭，一边哭，一边打我！”男人指着胳膊说，“这都是她咬的，她心情不好就咬我！”

男人皮肤很白，所以身上的伤异常明显。这个伤痕累累的身体，可以说，算是个灾难现场了。

女人垂下头，不说话。

“还有我这头顶，你们看，就这道疤！是她拿挂烫机砸的，缝了20多针！”男人呼吸越来越急促。

“你们是不是觉得男人受家暴特可笑？我自己也觉得可笑，我觉得我就是个笑话！”男人深深地叹了口气。

“你们看她瘦小是吧！瘦小就不会欺负人是吧！我一个大老爷们儿，人高马大会被女人打？好笑是吧？”男人冷笑着。

他举起受伤的胳膊，指着女人说：“你打我，我不还手。不是因为我怕你，正因为我是个爷们儿我才一直让着你！”

“我问你，白静，咱俩结婚5年了，我碰过你一个指头吗？打过你一下吗？”男人指着女人，拍了拍自己的胸脯，“就因为我是个爷们儿，我才从来没有打过你！你呢！怎么对我的？！”

男人脸涨得发紫，脖子上的青筋也鼓了起来，女人不说话，哭得更厉害了。

男人的牙齿咬得咯咯响，他积蓄了5年的怨气，像火山喷发一样喷薄而出。

“你在肉体上虐待我就算了，你精神上还虐待我！嫌我挣钱少，骂我窝囊废，现在还给我戴绿帽子……”男人已经无法遏制内心的愤怒，额头上和鼻子上都渗出了汗珠。

旁人都竖起了耳朵，期待听到这场闹剧里的更多细节。

“咚”的一声，男人眼前一黑，一下晕倒在地上。

我急忙打了120，女人跟着在旁边呼喊。

后来女方爸妈哭哭啼啼地来送户口本，听说女婿在民政局气晕，老两口一脸惭愧。

“我们这个女儿啊，真是造孽！女婿这么好的人，她咋就能这样对人家呢！”女方爸爸气得捶桌子。

这对夫妻已经结婚5年了，5年里，女方不仅从来没上过班，也从来没做过饭，而且对男方的钱管得很严，每天只给50块钱吃饭。

她对老公实施经济管制，平时盯梢，动不动就家暴，言语辱骂，甚至自己还出了轨。男人因此得了抑郁症。

家暴不只是男人的专属，还包括很多的女性。传统意识里，男性应该是坚强的，女性是可以脆弱的，男儿有泪不轻弹，因此男性的权利意识往往都浅薄，所以当男性遭受家庭暴力时，往往都隐忍地憋在心里。

美国疾控中心有数据说，28.5%的男性曾在亲密关系里被肢体暴力、盯梢，甚至强奸。而中国男性被家暴的情况也屡见不鲜，这对离婚的夫妻只是我看到的很普通的一对。

这个世界所有的东西都没有绝对的，比如女人就是弱小的、父母都是爱孩子的。

2

今天办理的第二对离婚登记很特别。这对夫妻，是带着小三和婆婆来离婚的。

男的手上戴着一块劳力士的金色手表，40岁左右，黝黑的皮肤，圆寸，脖子很粗，三道纹儿。

小三年轻妖娆，20岁左右，红色连衣裙刚到大腿，腿很长，都到了男人的腰。

原配40岁左右，白底碎花的小褂，一条白色宽松的裤子，腿在裤管里打晃。原配旁边还站着一个老人，也是一身农村打扮，手里还拿着一个黄色的草帽。

按照惯例，需要问一句话来判断双方的离婚态度："确定要离了是吧？"

“什么叫确定离？不离来这里玩儿啊？”男的冷笑一声，环住小三的腰。

“这话问的，真有意思。”小三摇头晃脑，冲我翻了个白眼，轻轻晃了晃手上的Cartier手表，手臂纤长，皮肤白嫩。

我没说话，从窗口处掏过来散落在台子上的材料。

“快点快点，办完了离婚，我还得跟小乔办结婚呢。”男的说着，又把手顺着小三的腰往屁股上滑。

话音刚落，一直没作声的老太太说话了。

“离就离！这个不要脸的狐狸精和那个不要脸的畜生混在一起两年，对家里老人孩子啥都不问不管，我这儿媳妇天天照顾我，伺候我，我认这个儿媳妇，我不认这对狗男女，财产都归我儿媳妇了，法院都判完了。大家伙儿都来看一看啊，就是这个破坏人家庭的狐狸精！”老太太嗓门儿很大，一边说一边用手指着小三，手伴随着声音上下抖动。能听得出来，按这话的熟练程度，绝对说了不止一遍了。

婆婆的哭诉，原配的眼泪，小三的轻蔑，男人的满不在乎。所有的情绪交叉在这个不足百平的婚姻登记处里。

“等等！你再考虑一下好不好？咱两个孩子不能没有爸爸啊！”女人把手伸进窗口，按住了盖戳的地方。那双手布满了老茧，一点儿都不像女人的手。

男人铁青着脸说：“离吧！”他拽出原配的手。

办完离婚，又去隔壁窗口办结婚。

小三笑得花枝乱颤，负责结婚登记的同事突然说：“这位小姐，我这里显示您已经结婚，不能再为您办理结婚了，否则您就犯了重婚罪了。”

小三听了，眼神突然暗了。她瞪着我们的工作人员说：“你看仔细点！这不可能！我早就办完离婚了！”

“你不是说你没结婚吗？”男人吓了一跳，和小三怒目相对，全身的血都涌上了脸。

“我就说这不是个好东西。你看看，你自己看看。真是作孽啊，作孽！”婆婆咬牙切齿，指着小三的背影嘀咕。

旁边等待办理的人都禁不住笑出了声。

怒火烧着男人的心，小三的神色也难看。

“那我办复婚行吗？”男人转头，跟窗口里的我说。

我说：“这不归我管，而且得您原配同意才行！”

原配低着头没说话，眼皮肿得很高。

小三过来抓男人的胳膊，眼泪粘住了两根挨着的睫毛，“亲爱的，你听我解释。那都是家里安排的，我跟那个人没有实质夫妻关系的！”

原配的眼泪突然往出涌，吧嗒吧嗒地掉到上衣上。

“这有什么可犹豫的，不能复！你是不是傻？！”婆婆一把拉住儿媳妇的手，出了大厅。

“所以，处理了这么多离婚，你还相信爱情吗？”我停下车子问。

“相信，不是数据都出来了吗，人的一生遇到真爱的概率足足有三十万分之一呢！”他笑着回答。

情感劝退师的江湖

她那时候还太年轻，不知道所有命运赠送的礼物，都已在暗中标好了价码。

——斯蒂芬·茨威格

“美女，你知道小三为什么叫小三吗？”她问我。

“啊？为啥？”我很好奇。

“一副扑克牌里，最小的就是3。A和2都比它大。三就是用来形容最让人看不起、被藐视的贱人。”

晚上八点，开车到三里屯太古里，刚一进路口，就堵了20分钟。这一单是从三里屯太古里到首都国际机场T2航站楼的。恢宏的“太古里”三个大字下络绎不绝的是白花花的大腿，大多数是姑娘的大长腿，也有带着毛的男人的腿。露肩露胳膊露腿露胸，三里屯是一个露什么都非常合理的地方。

“你好，师傅。”一个上身穿蓝色透明防晒衫、斜挎着一个粉红色的宝格丽背包的姑娘拉开了副驾车门。她看到我，立马改口："原来是美女啊！"声音清脆，一看就是个爽朗的人。"你好啊，欢迎乘坐！"我笑着挂了档往前开。

大概看我是个女司机，她便从包里拿出来一张名片递给我。我扫了一眼，名片上的名字是甄珍，"X爱网"，职位是婚姻咨询师，服务项目：小三处理、小三分离、停止离婚、婚姻咨询。婚姻咨询师我大概可以理解，无非是为婚姻问题答疑解惑，后边的服务项目让我有点一头雾水。

"小三分离？小三处理？你们不会是黑社会吧？"我打趣着问道。我注意到，眼前这个姑娘虽已三十来岁，但保养得很好，是人群中很容易被发现的美女。可就是这样一个美女，却在过去5年的婚姻里屡战屡败，最终离了婚。

"哈哈，我们是合理合法的，我们不用违法的手段去做事儿的。我们会根据用户需求，在不影响双方利益的情况下合理驱逐小三，让原配家庭更加幸福。"她系好安全带，用手撩了下眉间的刘海，自信满满。

甄珍离婚的理由就是老公爱上了自己的女下属，一个比自己小5岁的满脸都是胶原蛋白的姑娘。她说最离谱的是，有一天晚上十一点半了，小三突然用钥匙开了门进了她家，直接冲到他们卧室说："咱们三个一块儿睡吧！"当时她一脸不解，那是她第一次见小三，一点儿准备都没有，身上还穿着特意为老公准备的兔女郎情趣内衣。本以为应该是激情四射的一个晚上，变成了血雨腥风。

"我遇到的那个贱人实在手段太多，连续一周去我公司围追堵截，装弱者，给我下跪，让我和老公离婚，让他们在一起。”

“然后你成全他们了？”我小心翼翼地问。

“我那会儿太软弱，天天去我公司我真受不了了。同事都知道我被第三者插足了，七嘴八舌地讨论我的事儿。当时年轻气盛，有一天下班我回家把结婚照都砸了，哭了三个多小时，然后签了个离婚协议就搬去我闺蜜那儿了。”她说完还“唉”了一声，是幽怨，也是无奈。

“女人在感情里太弱势了，感情崩塌了就觉得自己一无所有。我想帮别人，也想拯救我自己。”甄珍说那是她开这个公司的最初动力。经过一年的颓靡和挣扎，她和朋友开了这家以情感咨询为招牌的小三劝退公司。

“大学毕业身边的姐妹们差不多都结婚了，面对的男人出轨问题五花八门。你打小三吧，打不断他们的感情。你找心理咨询师吧，你聊完了出去还是一大堆烂事儿。你离婚吧，一个人生活太难，而且没法让自己从逝去的青春和感情里解脱。这时候，这个小三劝退就非常重要了。它不暴力，不触犯法律，速度更快，解决问题更好。”甄珍熟稔地像介绍一个产品一样介绍公司的服务。

“有什么非常成功的案例吗？”这些新鲜的概念让我很是好奇。

接着她给我讲了一个叫宋秋的女人的故事。宋秋是某国企高管，36岁，在国企混了10年，从最初的宣传专员混到了副总裁，事业上可谓风生水起。她和老公是大学同学，相恋四年，毕业就领证结婚了。彼时，宋秋是个乖巧的小白兔，老公陈生是个呆萌的技术男。一切的改变在婚后的第三年，陈生创业做了一家游戏公司，事业成功，诱惑铺天盖地，最终陈生跟一个在酒会上认识的20岁出头的女孩在一起了。

这女孩刚大学毕业，初出茅庐，但是除了脸蛋看上去有些稚嫩，身材和处世之道都非常老到。

甄珍说80%的小三都是为了钱，极少数不是。

宋秋不是不知道，可是她作为高级知识分子，不想跌份儿自己去处理这件事情。她忍辱负重，为孩子考虑，没有离婚。她对一切流言置若罔闻，在事业上却越来越努力，不断的升迁让她在工作中找到了成就感。

促使宋秋最终委托甄珍劝退小三的原因，是由于小三的威逼利诱，陈生向宋秋提出了离婚。

宋秋本无牵挂，觉得离婚对双方都好。但是陈生的公司在这之前做出一款爆款游戏，这一年，他公司的赢利指数攀升，公司已估值过亿，而陈生本人的资产也已过千万，此时离婚，意味着这些钱将落到小三手里。而且陈生一直强调孩子他要抚养，宋秋无法让孩子和后妈过，也不想陈生打拼的财产以后用来养别的女人的孩子。最终，在朋友的推荐下，她找到了甄珍的团队。

甄珍及其团队首先对小三及老陈生的背景、性格做了整体的调查。小三出身寒门，是鸡窝里飞出来的凤凰，从小心气高，成绩一直很好，找上陈生，是有预谋的。由于公司之间的合作，她和陈生有过几次接触，得知陈生喜欢西方艺术，便苦心研究西方艺术史，最终在和陈生交流的过程中，让陈生对她产生了好感，然后又欲擒故纵，一步步逼近，就和陈生在一起了。甄珍接到这个订单的时候，小三已经怀孕两个月。

“让小三流产，并且离开陈生，不再纠缠我们。”这是宋秋提出的要求，她给出了一张支票，甄珍看到后边的6个“0”的时候，决定破釜沉舟。

“100万？这么贵？”我以为自己听错了。

“对啊，100万。我们去年超过百万的单子有十几个吧，当然大多数是30万左右的。如果单次咨询问题，一个小时5000块。”

不敢相信真有土豪为这样的事一掷千金，我暗想。

小三父母早逝，父母不能作为突破口，私家侦探跟了几个月以后发现小三有个很要好的女朋友，李荣。她们住在同一个小区，每天下班小三都会去李荣那里聊天吃饭，如果陈生不去，小三就会住在李荣家。“这是一个很好的突破口，女人之间没有秘密，并且会互相影响。”甄珍推理说。

随后甄珍找了团队里的一个男孩，这个男孩英俊帅气，身高一米九，让他扮演一个商界的投资人去进入李荣和小三的生活。没错，这个男孩是个演员，是甄珍团队里的中坚力量，光凭外表，男孩就得有80%的胜算。

男孩以投资人身份介入李荣公司，和李荣成为朋友，也渐渐和小三成了朋友。然后就是追小三的套路，陪吃陪喝送花送包送礼物，当然这些都是宋秋买单。不出半个月，小三无法自拔地爱上了这个男孩。

“没有女人会对长得帅、多金又温柔体贴的男人不产生感情。”甄珍笃定地说。

随后小三主动和陈生分手，流了产。而为了让陈生死心，甄珍团队得知陈生某一天将去一个酒店开会，便特意安排了男孩和小三在那里见面，设计了两个人你侬我侬的场景，让陈生很是气愤。

当然这还没完，为了让陈生脚踏实地地回归家庭，陈生在酒吧喝酒时，甄珍团队安排了一个同样成功形象的男性在酒吧里喝酒，让他很自然地接触陈生，讲述自己出轨后小三背叛、自己倾家荡产、想念自己老婆的事情，演得十分逼真。陈生仿佛看到了未来的自己，突然回忆起了与妻子共同的大学时代，踉跄着回家，进屋抱着妻子就痛哭了起来。

随后，进入小三生活的男孩开始慢慢淡出小三的世界，通常为出国不再回来。男孩走的时候会给小三一笔钱，当然这笔钱也是客户出的，或者给小三找到其他城市的工作，以彻底断绝小三和客户的来往。

“所有计划都天衣无缝，完全不会被发现吗？”我惊异于整个过程竟然如此滴水不漏。

“当然有啊。有的老婆看见老公后悔了，就把这个这件事情给讲了。有的还没成功就给说漏嘴了。也有小三突然发现进入自己生活里的人是有问题的。”甄珍一本正经地强调，“我们跟客户说好了，要签保密协议的，如果因为他们的泄密导致事情败露，责任不在我们。”甄珍说。

“如果是小三发现了呢？”

“小三发现也没什么，她们一般会觉得自己也没什么脸，你想啊，一个做小三的，能去告我们？那不等于告诉警察或法官，自己是小三？”甄珍说起“小三”这两个字的时候愤愤的，声音里夹杂着鄙视和愤怒。

甄珍在这份工作里不仅获得了成就感和金钱，我看到更多的是一种快感，一种被粉饰过了的正义。

世界真是日新月异，有些事情喜闻乐见，有些事情并不愿意被喜闻乐见。

社会变化如此之快，阻挡了小三，那么小四、小五、小六呢。那一茬茬新鲜的正要上架的水灵灵的姑娘，真的是劝退就能解决的吗？

上次和朋友聊天，说如今社会与时俱进。从前车马书信，一生只够爱一个人，相处个一年半载才是个拉手之交。而今陌陌探探微信，一天能约好几个，相处几天就可行床笫之欢。

记得有一次一个乘客给我讲，他爷爷奶奶感情特别好，从他小时候开始，两个人就每天在他面前撒狗粮。

“六七十岁的老人家了，吃个饭还你给我夹菜我给你夹菜的。晚上我奶奶跳广场舞，我爷爷就在旁边瞅着，不让跟别的老头跳，就在旁边看着。”他说。

奶奶去世的那天晚上，他爷爷坐在旁边的凳子上一动不动坐了一整夜，第二天早上突然就小脑萎缩老年痴呆了，什么都不记得了，经常出门就回不来。晚上总是对着镶在老式电视机上方的奶奶的照片发呆，那是奶奶18岁时候的照片，扎着两个长辫子甩在脑后，穿着老式的中山装，一脸明媚的笑。

爷爷每次看完照片就问他说：“这个姑娘你认不认识啊，能不能给俺俩开个介绍信，我想跟她结婚。”

或许有一天，我们都会与父母和解

谁言寸草心，报得三春晖。

——孟郊《游子吟》

月光照进车里，洒在董雅脸上，那双眼睛看着更明亮了。

之前听奶奶说，人是从眼睛开始变老的。越长大眼睛就变得越不明亮，到了老了就变浑浊了。

董雅的过往沉淀了很多孤独、背叛与痛苦，但她依然是个心明眼亮的人。

1

除了我，一桌子的人都在说话。热热闹闹，红红火火。

坐在正中间的是韩广，初中班长，爱吹牛。韩广左边的是林辰，现在是外企的设计师。林辰左边的是白鹭，长得好看的公务员。白鹭旁边是我，董雅，性格孤僻的女编剧。我对面坐着的是韩广，互联网公司的程序员。

我们是初中同学，老家都在同一栋楼的不同单元里。上学的时候一起玩，如今工作又凑巧都在北京。

现在是晚上九点，桌上的火锅热气腾腾，每个人的脸红彤彤。

韩广夹起一块萝卜，“今儿个都2月9号了，农历二十四了，还有5天过年。辰儿，你几号回啊？”

“我12号。”林辰边说边低头划拉手机，手机上是最近很火的游戏，“旅行青蛙”。

“一提回家就犯愁！哎呀……”白鹭娇滴滴地叹气，一个甩手，把筷子扔到了桌子的转盘底下。

“我跟你们说，我这一回家啊，我就是国家一级假笑演员。”韩广摇头晃脑。

“呵！你还能笑得出来，我连笑都懒得笑。”林辰抖腿，长手指在屏幕上收割着还没长满的三叶草。

“我都是脸上笑嘻嘻，心里MMP！”白鹭细声细语。

过年回家的血雨腥风，这是大家都爱吐槽的话题。

林辰嘴里咕噜着还烫的菠菜，继续说：“你一女孩子愁啥愁，我是真没钱没车没存款，也没媳妇。”

“欸？你们说我这蛙儿子都出去两天了还没回来，是不是出啥事儿了？”林辰的筷子停在半空，眼睛凝视着手机屏幕。

白鹭把额前的头发往耳后撩：“我咋不愁，韩广你那点事儿有我这出柜的事儿大吗？”

韩广不敢往后接。2014年白鹭生日的时候，她张罗着几个人出来吃饭，说她妈来北京了，一起庆生。酒过三巡，白鹭拉起坐她旁边一姑娘，短发，平胸，中分，戴耳环，跟我们介绍："今天人全啊，借着我生日，我给大家正式介绍一下，我，白鹭，是个拉拉。这是我爱人，我喜欢的人，林华。"

韩广在心里默默骂了一句。他苦笑，感觉心里有东西扯得他生疼。

毕竟他暗恋了白鹭12年，直到今天，才明白那些送不出去的口红和零食是咋回事儿。

2

"一到家，我妈和我爸就唠唠叨叨，你看那陈康，就是你那小学同学，人家孩子都上幼儿园了！"林辰把手机翻个面儿，接茬儿说。

"你一个女孩子，不结婚以后怎么生活？我死了都闭不上眼。"

"我27岁的时候，你都满地跑了。现在你27岁，连个对象都没有。"

"眼光别太高！"

"问你那是关心你。"

"30岁能结婚？"

"你这样让我怎么抱孙子？"

"你这个逆子！"

"什么时候结婚啊，也不小了，还不着急呢！"

"你每天除了玩手机，就是玩电脑，地不扫，碗不洗，你回来干吗？”

“说的好像谁想回来一样！”

“就是啊！”

“何止过年说啊，过年那就是集中逼婚，平时打电话也是狂轰滥炸。”

“你别老再外边飘了，外边有啥好的？”

“何止扎心啊，我这五脏六腑都被扎透了。”

大家七嘴八舌，我不说话，给各位倒酒。

“呦，小雅你又高冷。”韩广唏嘘，我倒酒的手抖了一下。

这个场景很熟悉，正像初中某次出成绩的下午。老师把我叫到办公室，“呦，董雅你说你是不是骄傲了，作文占40分，你居然一个字儿都没写。”

我没争辩，因为无可辩驳。我确实没写，因为题目是：我的妈妈。

我的妈妈，我没绷住，装好笔和草稿纸直接出了教室。

我低头撕扯衣角，心里想：“没有的东西，怎么写？”

最后我以“成绩优秀就骄傲”被定了罪。我不难过，如果让我去陈述我没妈妈的事实，才会真的撕碎我的心。

那时候的我根本没有妈妈，而这时候的我也没有爸爸。

这些事实陈述出来，才会真的撕碎我的心。

“聊比特币，聊区块链，聊音乐美术电影啊。”我继续倒酒。

我涉猎众多，什么都能说两句，唯独吐槽爹妈这个我弄不来。

父母之爱，是没办法也没机会学的。

我大学导师说："小雅你总有种隔膜感。你好像人根本不在那里。你跟人群保持着距离，跟人群隔着层膜。"

老师还说，他本以为我这层膜，早晚会保不住。毕竟生活是这样，你被硬生生地踩几次，早晚得踩破。可是这话说了好几年了，这层膜还是没破。

3

我年前回了趟老家，上面几位初中同学的妈和爸都来问我。来问的内容，都是他们的娃。

第一个是韩广的妈：

韩广妈黑色貂皮大衣，红色过膝长靴，人刚到门口，就听到她响亮的嗓音："宝贝儿啊，哎哟都想死阿姨了。"韩广妈不到50岁，烫着大波浪，她习惯叫我"宝贝儿"，也习惯叫韩广的每个同学"宝贝儿"。

"我这看了不少资料，人都说程序员这工作可辛苦了，能猝死的。你跟阿姨说说有没有这么邪乎？"韩广妈涂着大红唇，"你可千万别瞒着阿姨啊！"

"阿姨，他们公司还行，朝九晚五，不怎么加班。韩广身体好着呢！"

韩广说起来是个程序员，其实大小就是个网管，他们公司跟网络相关的大事儿小情儿都归他管，什么谁电脑没网了、谁电脑连不上打印机了。他嘴贫，跟办公室的姑娘打成一片，大家都叫他“妇女之友”。

韩广妈放下手中的半袋子猪蹄，开始回忆韩广小时候：“他一出生的时候，头发可多了，现在你看这孩子头发越来越少，洗个头，掉的卫生间都是头发。我还记得刚一出手术室，我就一把拉着我们家那口子问，孩子黑不黑？”这是韩广妈最爱讲的笑话，韩广爸妈都很黑，他妈一直担心生个更黑的孩子出来，从怀孕到出生，这都是她的一块心病。

结果挺好的，韩广虽然不那么白，但也没有包拯那么黑。

“那会儿我在外地上班啊，老想这孩子。一推开门，他看见我啊，那小脑袋瓜儿直接就扑过来了。然后我上班还得走啊，我就只能偷偷溜走，孩子醒了发现我不在，哭得更狠了。我一想这些就揪心。原来是孩子想我，现在是我想孩子啊。”韩广妈低头拉扯着手中红色帽子的帽檐，我感觉她眼角可能有眼泪。

我拍了拍她的肩膀。

“小雅，你看身边有没有合适的姑娘，给我家韩广介绍介绍啊！”到了门口，韩广妈还在嘱咐我，“我和你韩叔明早开车送你去机场。给他带了不少东西，又得辛苦你了。你下飞机就让他接你去啊！”

从单元门出来，外面刮起一阵冷风。韩广妈瘦了，背也有点驼了，她拉紧衣襟，勉强抵抗住迎面吹来的风，拐到了自己的单元楼口。我手里还留着她握着我手的味道，那是酱猪蹄的味道，韩广最爱吃他妈做的酱猪蹄。

4

第二个来的是林辰爸，他去年得了脑血栓，还好抢救及时，只不过说话还有点含糊不清。

“臭小子一天到晚都不带来个电话的。小雅你跟林叔说，臭小子到底在北京混得咋样？”林辰爸总叫林辰“臭小子”。他40岁左右，是我们当地税务局的副局长。

“辰儿挺好的，比我们仨挣得都多，上次还说年底就要升职加薪了。”林辰在我们几个中间，上进心最强。

“哎呀，非要跑那么老远的地方。我这又够不着，有点啥事儿还得你们几个年轻人互相帮衬着。”林辰爸叹气。

十几年前，林辰以他爸为骄傲，他是我们当中唯一的官二代，我们班主任李大壮性格粗野，却要对他客气三分。那时候，林辰爸就是我们的保护伞，我们跟在林辰后头，学校里没人敢欺负我们。

“他那活儿我听都没听过，啥设计师？是不是就跟我们单位整报纸排版那个小赵的工作一样？”

“有点儿那个意思，但是比小赵那个厉害多了。他公司是个外企，就是外国人开的公司。”

“啊！”林辰爸只回了一个字，声音里都是落寞。

在他不知道的领域里，他不只失去了权威，还失去了庇护孩子的可能性，这才是他难过的原因。

“这过年回来安排挺多事儿，有个也想读他那专业的同事家孩子想找我们吃顿饭，我还没跟他说，你没事跟他提两嘴，看他有没有时间。”一个要面子的父亲并不知道如何跟儿子提请求。

“没问题叔。”

“那行，那我就走了！”林辰爸似乎有话但又咽了回去。

林辰爸本来打算今天一早就赶去北京，票都买好了，因为他梦见林辰被车撞了，没人管。后来听说我回来了，来问我，才放心地把票又退了。这是林辰妈告诉我的。

5

白鹭妈是我们四个的中学老师，是个基督徒。

白鹭出柜的这三年，我微信里有最多消息的人就是白鹭妈。从刚开始撕心裂肺让我劝白鹭，到后来自怨自艾怪自己没照顾好女儿，到现在心平气和地聊同性恋。这三年，她妈妈的白头发一天比一天多。

“来阿姨家，给你做好吃的。”白鹭妈给我发微信。

要进白鹭家，先得打败她家的大黑狗，跟它打交道是个坎儿。你盯着它，它就盯着你。你给它扔个火腿肠，它理也不理。你往左，它绝对不往右，你往右，它抻着脖子也往右，甭管那链子已经把它脖子拽得多弯。

“你看这都是我加的群。”我低头看，“同性相亲交友群1”，同样的群从1排到9，除了白鹭，这些群也都被置了顶。

“我现在已经看好了，我怕鹭鹭受伤。我给她介绍的啊都是父母同意的，不然两个人有感情了还得分手。其次啊，最好在一个城市。我看网上有个故事说啊，一对这个女同情侣感情可好了，可另一方母亲死活不同意，后来得了乳腺癌了，孩子说这一辈子没让妈妈省过心，就抛弃了另一个女孩，回家结婚去了。这另一个女孩想不开，就自杀了。你说这多吓人，所以必须啊，对方女孩也公开出柜，她爸妈也同意的才行。”

我脑子里确实浮现了“可怜天下父母心”这句话。

“对，阿姨您说的是。”我肚子已经饿瘪了，一桌子的饭菜飘着香味。

“你看看这个姑娘，我跟她妈妈聊过了，父母也都是知识分子，也都能接受。”白鹭妈翻着iPad上的几张照片给我看。

我认真看着，目不转睛，但肚子咕咕叫。

又看了半个小时，白鹭妈手指有点僵硬了，她指着她在文献上找的材料说：“其实这同性恋都是正常的，国外有些地方早都合法了。你跟白鹭好，多劝劝她，不要有压力。”

我用力点头，看到她眼眶都是黑的。

“来来来，吃菜吃菜！”

我终于吃上了饭。

“吃了这么多苦，会不会对未来的老公要求更多一些，来弥补自己吃的苦？”我问。

“不会。只需要一点点甜就够了。一点点就好。”董雅笑，“所以，有时候一点点好，就会被骗走了。”

这是2018年，北京2月里一个风和日丽的下午。

契约婚姻之路

日暮苍山远，天寒白屋贫。

——刘长卿《逢雪宿芙蓉山主人》

接到吴春言的订单，是在清晨五点左右，破晓时分，北京刚刚苏醒。

她在天坛医院门口等我，低着头，踢脚下很长的白裙子，看得出满心的忧伤。

1

本人女性打扮（完全女性的长相，但属于T），身高一米六，27岁，有国企稳定工作，有车有房，不要小孩，有稳定的GF。对象条件：男性，身高一米七以上，年龄27到35岁，需有稳定工作，必须有房（形婚后各自生活），不要小孩，有稳定的BF，不发生性关系，仅结婚领证隐瞒父母。有意者请加QQ：1818529XX。

吴春言在键盘上敲了删，删了敲，终于打下这段文字。她食指揉搓着大拇指，直到把大拇指上的一块皮从指甲缝里抠下来。并没有觉得疼。

哈尔滨的冬天，天空白得耀眼。大朵大朵的雪花正从天空飘落，洋洋洒洒，覆盖在已经厚重不堪的树杈上。“吱呀”一声，纤细的树杈失去了平衡，跌落在已经成冰的地面上。

吴春言把披肩的长发拢到脑后，几根银色的发丝从肩膀滑到地面。对她而言，长头发不过是她表明自己是女性的一种工具。事实上，她是同性恋，是T（同性恋中的攻，偏男性角色一方）。长头发让她生厌，却是父母喜欢的样子。

这是2017年的冬天，吴春言决定找个gay形婚，即形式上结婚领证，只为搪塞父母日益频繁的催婚要求。

“本人gay，不想祸害女生所以也想找个女同形婚。看了你的信息，不然聊聊？”吴春言收到这条QQ验证消息时，正在和女朋友陈诗诗吃饭。吴春言愣了一下，看着手机屏幕发呆。陈诗诗看着呆住的吴春言，凑过头看消息。

“形婚？亲爱的你要干吗？”陈诗诗很惊讶，皱着眉头看吴春言。

“我爸妈逼得太紧了。我妈都得抑郁症了，结婚这事儿我躲不过去了。”吴春言叹了口气，点了“通过验证”。

吴春言想过很多陈诗诗知道后可能的反应，气急败坏的，歇斯底里的，直接摔门而走的。唯独没想过，她是平静的。

“哦，这样。”

陈诗诗22岁，正在读大二。结婚这个事儿离自己还远，所以她还没到要担忧这件事儿的份儿上。但是她懂，吴春言要不是逼不得已，不会走上这一步，女同面临这样的问题一点也不让人惊讶。

吴春言放下手机，低头喝鸡蛋汤，她有点想流眼泪。

陈诗诗的手伸过来，盖上了吴春言冰凉的手。吴春言喉咙颤抖着咽下了一口汤，她缓慢俯下身，把头低下，脸贴向了陈诗诗的手。陈诗诗感到了一阵阵凉意。

形婚，即形式婚姻。婚姻一般意味着性、爱情、财产、亲情、血脉等的融合。而形婚却与性、与爱情没有必然联系。

2

夜里的雪，在昏黄路灯的掩映下闪着晶莹的光，窗户上爬满了冰花。

台灯闪着白色的光，卧室很安静，只能听到沙沙的写字声。吴春言盯着纸上的名字，陷入了沉思。

一个星期，吴春言见了5个男同性恋者。他们都想寻求一个可以形婚的女性，主要是应付父母。5个人里，吴春言更看好第五个。他叫章泽，35岁，看着温文儒雅，一表人才。吴春言爸妈虚荣心强，想让她找个长相好的。

清晨，雪停了。阳光从窗户折射到雪地上，映出一道七彩的光，正好闪在吴春言的眼睛里。

下午一点五十，民政局。吴春言和章泽领了证，双方父母其乐融融，在民政局大厅，两家人合了影。吴春言脸上勉强挤出笑，章泽笑得很热烈，红色的上牙龈露在外面。

“姑娘啊，这可算解决了我的心头大患啊，我现在这心里舒坦多了。”吴春言妈妈满面春风，她在厨房里悄悄地凑到吴春言耳边说。吴春言边切西红柿，边冲妈妈笑。这是近两年来，妈妈第一次和自己笑。

不谈恋爱，不结婚，这是长在妈妈心里的刺。她曾试图告诉妈妈自己是同性恋，她喜欢女孩子，不喜欢男孩子。有一次她只说了个不想结婚，两个人本来正在购物中心试鞋子，刚出鞋店，她妈突然就哭了起来，拽住她的袖子说：“咋能不找对象呢？姑娘家家咋能不成家啊！你是不是有病了啊宝贝？”

章泽进了厨房，在吴春言身后搂住了她的腰，顺势亲了一下她的面颊。吴春言感觉身后凉飕飕的，她眼神飘忽地挣脱开章泽的胳膊：“好了，别闹。”

彩礼10万，陪嫁5万。见面礼、改口礼、亲朋好友的礼钱，两人约定收下之后再退还。与朋友同事吃饭，也记好账。

“你演得太不像了。”章泽说。

“嗯。”吴春言攥着方向盘的手，骨节很白，鼓得很突出。

“去我家的时候演得像点，我妈敏感。谢了！”章泽望向吴春言，她面容姣好，长发披肩，温婉柔软，一点都不像个女同的T。

3

哈尔滨的松花江结冰结得厚重，河边有人正在用刀刻着冰雕，吱吱啦啦，铲子和冰刀声此起彼伏，惹得耳边一阵耳鸣。

中午十二点半，婚礼大厅充斥着欢笑声、音乐声。伴娘陈诗诗站在新娘吴春言身边，脸上挂是僵硬的笑。在外人看来，她们是亲密无间的闺蜜，只有她们自己知道，她们其实才是真正的情侣。

一桌又一桌地敬酒，吴春言从爷爷奶奶喝到同学老师，一瓶红酒已经见了底。她眼睛有点模糊，坐在餐厅一角休息。陈诗诗穿着伴娘服，落寞地坐在餐厅另一角。

吴春言低头看中指上的戒指，那让她觉得恶心。虽然只是买了假的临时充数，但依然让她觉得恶心。她用力扯下戒指，起身往陈诗诗的方向走，刚走了两步，头就晕得厉害。

此时，陈诗诗也出了大厅。从背影看，她在脸上抹着什么，左手抹完，右手抹。吴春言心里一阵阵战栗，感觉胸口被什么东西压住了。

"不用你扶我！"吴春言不愿让章泽碰她，"我们说好了，以后别有肢体接触！形婚，我们是形婚！形婚知道什么意思吗？就是形式上结婚，其他的什么都不能做！"吴春言推开新房的门，高跟鞋脱下扔在一边，光着脚往卧室走。

"形婚是吧？"章泽冷哼了一声，一把抱起了吴春言，直接冲到了卧室。

雪还在静静地下，雪花随风飘扬。吴春言的哭喊声响彻屋内，新房的囍字被震得松动，晃荡了几下，飞旋着掉到地上。

是的，章泽是gay，他喜欢男人，但也喜欢女人。他是双性恋。

4

“不然起诉他，然后离婚！”陈诗诗哽咽，她看着吴春言左眼的伤，眼泪止不住流。

“领了证就是合法夫妻。没什么可告的。离婚要分财产，我们之前只是口头约定，没做婚前财产公证。吃亏的是我。”

吴春言又把大拇指上的一块皮从指甲缝里拽下来。这一次，她觉得疼。

“而且我妈知道了会更不好受。”吴春言喝了口咖啡。结婚两个月，一切都像是噩梦，她始终忘不了那个被强暴的夜和章泽穷凶极恶的脸。

“还有，这个月没来月经。”吴春言低头看咖啡，脸上已经没了血色。

“那，打算生？”陈诗诗眉头紧蹙，嘴半张着等吴春言回复。

“不，我得打掉。”吴春言攥紧拳头。

世人皆累，活着就是受罪，为什么要来这世界？

这是2017年的冬天，哈尔滨连续下了一个星期的雪，地面找不到一块没有雪的地方。

5

“孝顺”这个词最重要的就是顺。

白茫茫的雪地上留下两串脚印，伴着“咯吱咯吱”的踩雪声，天色渐渐暗了下来。

“我听章泽说你怀孕了还不想要？我跟你爸商量好了，孩子我们来养，不用你养，但是你得生下来。”

吴春言不知道还能如何反驳。她知道她拒绝的后果就是，她妈又犯抑郁症，连续几天都不能睡觉。而她爸，也会觉得丢人，还可能会犯心脏病，住到医院里。

“嗯。”吴春言应了声，她已经习惯了忍受和沉默。父母都是公务员，她从小接受的教育就是得体和顺从。从上小学到大学毕业，她没做过任何忤逆父母的事。如果说真有，那就是大学毕业后不找男朋友这一件事。

不生，对不起的是所有人。生，对不起的仅仅是自己。

“这是你造的孽，你不会有好下场的。”吴春言的泪水夺眶而出。

章泽戴上耳机，跷起了二郎腿。双腿交替着随着耳机里的rap左右晃动，章泽笑得很热烈，红色的上牙龈露在外面。

没花一分钱，他娶了妻，有了孩子，还能自由鬼混。想一想，做梦都会笑出声。

“所以你接下来有什么打算？”我问。

“把孩子养大。”她垂下眼睑，睫毛很长。

没有人天生愿意逆行，愿你早日劫后重生。

深夜暴露

要站在一处，却不要太密迩；因为殿里的柱子，也是分立在两旁，橡树和松柏，也不在彼此的荫中生长。

——纪伯伦《先知》

2018年6月6日，更新完《迷失天通苑》，已经凌晨三点。天气热，我胸闷透不过气，去楼下花园的长椅上坐着。

耳机开的声音不大，音乐声外，能偶尔听到货车一路轰鸣着穿行过马路。

凌晨三点，小区花园静悄悄，月亮在上面挂着，城市安然沉睡。

窸窸窣窣的声音在花园角落里响，我以为是流浪猫。起身走过去看，影影绰绰地，长椅上居然有个人影。

面对眼前的画面，我怔了一下。准确地说，是完全呆愣住了。

路灯下的长椅上是个男人，正在抽烟。

让我愣住的原因是，他全裸着，旁边堆着好像是衣服的东西。

他可以算是个胖子了，隆起的大肚子向下垂着，右腿搭在左腿上，黑色眼镜框折射着路灯下昏黄的光。

我脑子里快速搜索着词库，暴露癖，露阴癖还是露体癖。不管什么癖，这么晚了，我还是回家的好。

我迅速转头，轻轻抬脚，把脚步声压得很低。本来瓦特住的脑子瞬间清醒了。

“嗨！”中气十足的男人声音在后边响。

我还是假装听不见吧，继续淡定地往前走，把耳机塞得更深了。我不再蹑手蹑脚，而是恢复正常的步幅，甚至准备小跑起来。

“我不会伤害你的。”他又继续说，“明天要高考了。”

播放列表里的音乐正好播放完了，他的话我听得很清楚。

冥冥之中的预感，这不是坏人会有的声音，听上去带着点慈祥的光环。

眼前不足十米的雾或是霾像一堵墙，立在我脚前。我感觉前边的世界似乎消失掉了，我能闻到烟味。

多少我也学过心理学的，印象里的露阴癖其实只是一种病，患者通常不是危险分子，他们只是有暴露的癖好。

啊！女司机故事集已经两周没更新了，后台的私信已经爆炸了，这也许是个好故事。我给自己加油，脚却不听使唤地继续往前挪。

"明天高考了……"他继续重复，像是自言自语。

难道这是个明天要高考的学生？我停下脚步，把头转了回去，闭上眼睛。为了"机粉"，为了故事，我咬了咬牙。

"你把衣服穿上，也许我们能聊聊。"

我话音刚落，就听到皮鞋落地的声音，和衣物纤维摩擦的声音。

"好了。"他说。

我把闭上的眼睛缓缓睁开，看到已经穿戴整齐的男人，我舒了口气。

他穿着一双黑色皮鞋，高筒的袜子盖过了脚踝。双手撑在膝盖上，右手的手指间夹着根快烧到手的烟。

"明天高考了。"他又说了一句。

我认真打量着男人，他胡子拉碴，头发稀稀落落的，看上去很干枯。怎么看，都得三十好几了。

我看了眼手机时间，跟他说："确切地说，是今天高考。再有六个小时，就高考了。"

他从口袋里掏出根烟："我能抽吗？"

"抽吧。"我走到他对面的长椅坐下，这个长椅前没有路灯。我们正对而坐，相隔三米。

他在明，我在暗。

"8年前的今天，我以为经历了高考，我的人生会彻底改变。"烟雾升起，那双不大的眼睛里写着忧郁。

我还沉浸在刚看到他全裸样子的惊愕中，暂时回不过神。

"我叫叶剑。"他介绍自己。

“叫我司机就成。或许你可以关注下我的公众号。”我说着掏出手机，打开“大望路女司机”的公众号给他看。

他接过手机，嘴角抽动：“这标题都起得很6啊，我一定会关注的。”

我努力露出超过八颗牙的笑，虽尽力保持平静，但还是惊魂未定。毕竟偌大的公园里，只有我们两个人。

我清晰地意识到，我是个女的。而对面，是一个五大三粗且有暴露癖的男人。我双脚的脚尖朝着花园出口的方向，随时准备瞬时起跑。

“我不怎么用微信，我用微信都用漂流瓶。”他把手机递给我，从口袋里掏出自己的手机。三星，无边框那种。

叶剑朋友不多，他不喜欢用微信，微信对他唯一的功能就是漂流瓶。他在漂流瓶里发私密裸照，有几个长期互换照片的漂流瓶友，还有几个固定的文爱聊友。

“我知道你在想什么。别害怕，我不是变态，我爱祖国爱人民，是社会主义接班人。我平时都是在家裸露，今天第一次来花园，因为明天高考，我难受。”他继续咬嘴唇，他的下嘴唇有几块都已经泛白掉皮，看不出血色。

“高考怎么了？”听到他一直在强调高考，我忍不住问。

“我是我们县的高考状元。”他说，“那是我人生的巅峰了。”

叶剑出生在河北廊坊的农村，自幼成绩优异，但性格孤僻，是2009年他们县的高考状元。

“失敬失敬，没想到能在偌大的北京和高考状元相遇。看来你考试的手感不错！”我真心地感慨，毕竟这是我认识的第一个状元。

他听完后咯咯咯地笑，嘴边漾起了两个酒窝。

穿上衣服的叶剑，和普通人无异。虽然微胖，但看得出来颜值是有的。

“但是大学才上半年，我就辍学了，现在就一个高中文凭。”他声音低了下来，“我的人生仿佛在高考结束后就停止了。”

叶剑始终记得高考结束走出考场的那一瞬间。他以为，大家会回到教室，撕掉自己的课本和复习资料，从五楼扔下，校园里飘荡着细碎的纸片，楼上随时会有扔出的笔和橡皮。

然而，现实和想象完全不一样，身边同学的脸上甚至喜悦都很少，大家只是默默地、有序地离开了考场。没有激动，没有欢呼，就那么一下子，高考就结束了。正像他感觉到的人生，就那么一下子，所有的都结束了。

回家的路上，他边走边笑，觉得今年高考题都太简单。他想着可以离开后爸和妈，新生活即将开启，内心的激动无法抑制。

他回到家，躺在炕上睡觉。

窗户开着，正对着果园。李子树的果香味从窗户飘进来，沁入心脾。他梦见了上大学的场景，学校很大，食堂很好吃，图书馆有很多书。

迷迷糊糊中，他觉得有人在摸他，他没反抗，继续假装睡觉。他知道，那是继父。从8岁开始，这种事时常发生。

小时候妈妈一出去，继父就给他“检查身体”。检查身体的好处是，他能拥有更多的零花钱，虽然挺疼的。

上大学需要学费，奖学金要去了大学了以后才能申请，叶剑心里想。于是继续假睡觉，继父也没停手。

“我不知道我喜欢男生还是女生，但是我喜欢被人看。我喜欢去大学的澡堂洗澡，我觉得所有人都会看我。这让我异常兴奋。”叶剑继续说。

我边听，边在网上搜索。

暴露癖，其实是患者希望得到更多的关注。

人生来孤独，却渴望被关注，这是获取和世界情感连接的方式。

“当高考状元的感觉很赞吧？”我问。

“刚开始是，后来却变成了灾难。”他用手指捻灭烟蒂，烟灰一点点落下。

叶剑作为高考状元，成了他后爸和他妈的难题。村里人都议论说，考上状元，村委会给了10万。“10万？”他苦笑着说，“1000块都没有！”

家里的人络绎不绝，门槛都踏破了。走的人都鼓着腮，斜着眼咕哝：“明明那么多钱了，借一点儿钱还那么抠。”

唯有人心相对时，才能看到人心的难测。

转眼上了大学，来了北京，叶剑如愿学了计算机专业，住八人间宿舍。

他喜欢暴露的感觉，经常晚上趁大家睡着了，就裸露着身体在宿舍里走。直到有一天，被下铺起夜的刘涛看到。

刘涛是个八卦嘴，他很快把这件事添油加醋传播到整个学院。消息不胫而走，整个学校都知道了叶剑的事。大家给他扣了个帽子——“变态”。

校园里的流言蜚语，被指指点点的议论，最终让叶剑内心的防线崩溃。他主动辍学，开始了北漂的生活。现在，他是某搬家公司的一名搬运工。

“你去咨询过医生吗？”我问。

“为什么要找医生？”

“这是一种病啊。”

“为什么一小撮人和一大帮人不一样，就是有病？我跟你说，我没有伤害过别人。大学那次冒险，我觉得是我的问题，因为我影响到了别人。但是后来，我只是在家里，谁都没影响过。为什么我这就是病？”

我认同大多数人的观念并不能代表真理，也笃定每个人都有选择不同人生的权利。

“但是公开暴露身体，这是违法的。”我说。

“所以我都在家里裸露。想到高考，我会怀念那时候。那时候的我，依靠自己的努力，以为可以翻盘人生。现在才知道，在人生面前，没有人能翻盘。”叶剑说完，把烟蒂掐灭攥到了手里。

叶剑曾经非常相信一些话，诸如“长大就好了”“考上大学就好了”“自己工作就好了”之类的话。

然而他现在明白，人生不过是负重前行的过程，每一件事都不会真的那么简单就“好了”。

他挪动屁股，背影渐渐消失在灰色的夜色之中。

我看到，他把刚握在手里的三个烟蒂都扔进了垃圾桶里。

叶剑说他最幸福的一次暴露是在北戴河，那天海风不大，有星星。

他在沙滩上，裸着看星星。那一刻，他觉得，他和自然融合了。

附录

大望路女司机访谈

名贵的考拉熊 / 文

第一次跟大望路女司机对话，我正在交道口北二条这个群滔滔不绝地吹牛。我说：等我老了就给闺女写童话，教儿子打DOTA。

听众都是文化人，再装文艺，被戳穿的风险就大。适当夸耀一下游戏水平还是很稳的嘛。

司机冷不丁地说：天梯多少分？水平足以教学了吗？

我其实只有1400分。

我的吹牛生涯就这样被终结了。

我挠着头说：啊，不愧是司机，社会！

之后私聊，在各个领域我都没有找到重整旗鼓的机会。甚至当我表示《刀剑神域》很燃，司机云淡风轻地说：啊，已经有剧场版了？当年我看的是漫画。

我终于领悟到，在“大望路女司机”这个名号面前，我将不可避免地走向翻车。

司机笔下的北京是个光怪陆离的世界，人间冷暖，变化多端。在这里所有故事都有发生的可能，形形色色的人都在这座城市潜伏或行走。既有北漂们不停搬家的心酸，也有在地铁口捡到小猫遂相依为命的温暖。

她写世俗，也写惊世骇俗。写醉汉，也写小男孩。对于边缘人群我们往往带着猎奇心理而不是关怀，司机却对每个人的生活怀抱同等的敬畏。我常常想，平静而不掺偏见的叙述，本身就是一种善良。这也正是她所坚持的：故事只有悲喜，没有对错。

访谈之前司机正在奋力工作。我说：要不你先喝口水缓缓？待会儿可能会问很烧脑的问题。

司机：那我去喝一口。

此时我已经切换到“佛系”等待模式，估摸司机怎么着也得休息个十分钟。

五秒后。

司机：好了。

我：不是……你这……你真的只是喝了一口水啊！！！

司机愣住：对啊……不是说好的吗……

从此我决定不跟司机说“回头再聊”这类字面意思和实际用途差别很大的话。

我：你为啥这么实在……

司机大笑：放考拉过来吧！

（以下对话，“斯基”代表“大望路女司机”，“考拉”代表“名贵的考拉熊”即本文的采访者。）

考拉：你有没有意识到，你的ID其实是一个经典ID？像这样“据点+名号”的组合有的很燃，有的很美，比如常山赵子龙啊，姑苏林黛玉啊……

斯基（呆）：原来还有这种操作……我没有想过，我只是真的做了顺风车司机，然后在大望路拉过几次活儿。

考拉：大望路不是司机的主要活动地带，只是“拉过几次活儿”？那粉丝上哪儿堵你去啊？

斯基：一个粉丝说已经人肉到了我的车牌……

考拉：可以把这位不辞辛劳而且不择手段的粉丝写进《女司机故事集》了，哈哈哈。你也是北漂大军的一员，对北京怀抱的是怎样一种感情呢？

斯基：对北京啊，可以说是热爱吧。

考拉：我也喜欢北京，因为北京很丰富。你热爱的是北京的哪些方面呢？

斯基：喜欢这座城市的包容和多元。这里确实是一个你对别人谈梦想别人不会骂你傻的地方。这里友善，可爱，充满活力也充满了未知。这是一个一切都合理的城市。北京是很多人的藏身之地，藏在这里比较安全。

考拉：是啊，北京太有想象力了！所有在家乡显得离经叛道的举动在这里都不再突兀。但是同时，你是否感到北京有时特别……肃穆？因为是政治中心，北京在我心里会不时地沉重一下。

斯基：有时候会觉得沉重，但不是政治有关的沉重。城市是由人构成的，有时候你从人的身上会看到这座城市的沉重，会觉得焦虑。所以我在写女司机故事集，把我看到听到的故事写出来。我想探讨这里边的原因，而不是批判。

考拉：之前看你的故事集，想归纳一个关键词，觉得“孤独”不太精准，因为这个词常常带点小资调调儿。后来灵光一闪，就是“焦虑”啊。

斯基：对，就是焦虑。焦虑是时代赋予的，孤独大概是人性里的。

考拉：那么你觉得，焦虑的根源在哪里？房价？薪资？真爱难寻？

斯基：我觉得是自我认知。人常常被概念化，被模式化，被他人或者偏见遮蔽。这些思维往往都是无意识的，所以我们常常看不见他人，也看不到自己，然后陷入焦虑。

考拉在沉默。

斯基：是不是把你说迷糊了？

考拉：烧脑！刚才我竟然觍着脸说我的问题很烧脑……

斯基：房价、薪资、真爱这些还都是表象，根源就是自我的认知。我是这样对抗焦虑的：了解自己，跟自己和平共处，因为欲望总是无止境的。

考拉：如果我保持“佛系”少年的身份，就会减轻焦虑？

斯基：感觉自己也变成了一个“佛系”司机……焦虑、欲望是社会进步的动力，每个人的选择都不同，看你想要什么。

考拉：关于每个人的选择都不同，你写的故事里多次出现边缘人群。你刻画了主流人群的焦虑，也记录了边缘人群的伤痛。焦虑人人感同身受，可是对于边缘人群，偏见几乎是永恒存在的。你是以怎样的心情去了解他们的呢？

斯基：我写的每个故事都是只讲悲喜，不谈价值观，也不会说到底谁对谁错。读者看每个人的故事都要不带偏见和预设，如果带了，那你就没办法真正认识这个人。对每个真实的人生都充满敬畏，这是我一直以来所坚持的。有时你听了一个故事，但你知道自己掌握的信息不是完整的，所以不能下结论，特别是对边缘人。我听了那么多的讲述，发现你要想去了解和理解一个人，必须回到他生命的原点，就是童年，然后再回来看他现在的生活，才能真正看到那个人承受了什么。我之前写性别焦虑和嗜酒者这些，在此之前，我对他们多少也存在着偏见。我听到身边的人对此也几乎都是持负面评价的，比如"嗜酒者打几顿就好了""性别焦虑这样的人很娘炮就应该去死"……人都是被固化了的。其实真正和这些人接触的时候，你就会有一个想法：他们是人，也只是人。

考拉：当你写下他们的故事，展现在大众面前，评论区会出现激烈的言辞，这并非针对作品，纯粹是伐异活动。你会不会觉得失望和无奈呢？

斯基：但是也有很多人因为看了故事，突然说原来这样的群体是这样一个原因，突然意识到了自己不应该那样。人的观念很多是根深蒂固的，没办法改变，能使一些人了解和认识，这就很好了，所以我不是很介意有负面的东西。我只要看到有好的影响，就会觉得这个故事是有意义的。

考拉：是有意义的。我有时盲目悲观，你把他们写出来真是太好了。那你是怎么观察大家的呢？像大多数的哥一样跟乘客唠嗑？

斯基：对，主要是唠嗑，也会从后视镜观察他们的穿着和表情。其实很多人都非常爱表达，你打开某个开关以后，他就愿意把故事告诉你。一般我是听得比较多，然后下车的时候通常会看下他/她穿的鞋，因为我们很多时候会换衣服换裤子，却很少换鞋。有时候通过鞋子大概可以判断一个人的生活状态。

考拉：等等！这个手法，这个手法是福尔摩斯观察法对吧！（忽然看穿了真相）原来你是福尔摩斯基！

斯基：哈哈哈哈……不过我还没有福尔摩斯那么全的知识储备，只能借鉴一点点。

考拉：斯基既然很会唠嗑，个性一定不是“天性腼腆不善言辞”咯？

斯基：事实上，我真的是天性腼腆，不善言辞，还有点社交恐惧。这就是副驾存在的原因，因为我很多事情都记不住，弄不清楚，并且不善于表达，我只是善于引导。而且我和乘客接触的时候，会引导得更好。大多数时候，我身边的人都说我高冷……

考拉：社交恐惧是怎么一回事呢？是很想社交但是紧张，还是压根儿社交需求很低？

斯基：社交需求很低，不得不社交的时候又非常的紧张。比如我们上次去参加那个发布会，我会胸闷啊，上不来气啊，别人跟我说话的时候我会不知道怎么回答。

考拉：你有没有试过观察自己，解析自己？

斯基：分析过的，跟童年经历有关。我是单亲家庭成长的小孩儿，和奶奶长大的，然后家庭里有很多复杂的事情，导致我小时候很自卑。也接受过心理辅导，医生说我这种就是童年创伤引起的，不过现在已经好多了。

考拉：我有一个理论，腼腆内向的人大都喜欢猫而不是狗。

斯基：考拉理论。所以你喜欢猫吗?

考拉：喜欢!

斯基：我有大量猫片，童叟无欺，5元一套……

考拉：不许用“主子”的美貌赚钱!

斯基：哈哈!他要挣钱养他媳妇儿，他媳妇儿正在怀孕。

考拉：我这个理论还是看村上春树总结的。有人说他的小说就是爵士乐+单身男人+猫。

斯基：这么一说，有道理!村上确实。

考拉：你喜欢哪些作家呢?故事集里每篇的开头都会出现不同作家的名句。

斯基：喜欢的很杂……什么书都看，最喜欢的是Patti Smith，你知道的?

考拉：不认识。

斯基：蛮厉害的!我前一阵还买了她的油画，是个摇滚歌手，也是个诗人，有一些作品。

考拉：斯基喜欢摇滚?北漂是不是喜欢民谣的多一些?

斯基：对，北漂的人喜欢民谣的多，在酒吧驻唱的多数都是唱民谣的。我喜欢Patti那种，她的摇滚是“摇滚+诗歌”，就像鲍勃·迪伦那种。我上学的时候还迷恋了很久许巍，看过他的演唱会，当时我的同龄人对他都没什么感觉。

考拉：这说明斯基一直有一颗流浪的心啊。有没有想过，如果不是在北京，你的文字会变成哪种风格？

斯基：这个问题我没想过，不过我觉得会变的，现在写的就是城市小说，每个城市都有她特别的地方，文风也会改变的吧。文字还是基于环境去创造的。

考拉：中国一直不缺乡土文学，但缺城市文学。忽然想起来，你在北京的主业是互联网运营，为什么选择业余时间拉活儿呢？是想满足对每个平凡人的好奇心吗？

斯基：确实有这方面原因，但也是为了克服我的社交恐惧。心理医生建议我多去尝试和不同的人交流。我拉的第一单，是个女导演，她特别爱聊天，一路说到下车，故事特别多。我发现很有意思，和别人沟通也不觉得有太多障碍了。

考拉：如果乘客也有社交恐惧，那怎么办呢？或者遇到坏人，反而加深了社交恐惧呢？

斯基：那我就放首歌，一路回去了。但是很少，一般都是话很多，有的都停不下来。接单前会查看乘客的出行次数和评价什么的，我一般都选好评率高的，而且大多选女的。女孩天生爱表达，一般也没啥攻击性。

考拉：你有没有想过，某天我们没有“边缘人群”这个概念，所有人坐在你的车里都能侃侃而谈？

斯基：这个我还真想过。我想当社会更加进步了，给了一些人走入主流社会的机会，我们就能听到更多角落里的声音了。

考拉：我也常与朋友探讨这些问题。

斯基：所以说社会的进步是会带动人观念改变的。越来越多的人意识到多数同性恋者是先天的，并不是后天选择的，它是一种本能取向，与生俱来，大家不必担心异性恋会学着变成同性恋。

考拉：这是本能，是自然发生的，如果是无害的，就不应该被限定。

斯基：我记得柴静在《看见》里写过：我们的社会为什么不接纳同性恋者。因为我们的性文化里，把生育当作性的目的，把无知当纯洁，把愚昧当德行，把偏见当原则。

考拉：但是到了环境有所改善的时候，会不会我们接受了现有的这些边缘人，又会出现新的不能接受的边缘人呢？就像不管把一个圆圈画得多大，它也永远有边缘。

斯基：我想肯定会的，就像父母那一辈不能接受我们的很多观念，等我们到了父母那个年纪，我们同样会看不惯自己孩子的一些做法。但这又是另一个问题了。边缘人永远都会存在，即使不被认可，他们就在那里，并不会因为你不认可，就不存在。我们能做的，就是尽最大可能去了解和理解他们，否则他们没有任何出口，只能是不断压抑自己，久而久之，就会人性扭曲。

考拉：情绪的出口真的是个问题。

斯基：非黑即白，这是强盗逻辑。存在即合理。我记得我之前租的地方，楼下小屋子里住了一个女人，每天衣着光鲜在门口站着，抽着烟。我听楼下阿姨说她之前杀过人，蹲过监狱，她每次见人都骂骂咧咧，脾气特别不好。但是有一天我下班，看见她对着一只小猫“喵……喵”，特别温柔。

考拉：世界是深浅不一的灰色，人心同样复杂，但总有闪光啊。

斯基忽然欢乐地唱：爱是一道光，如此美妙，指引我们，啊啊啊……

考拉拍桌狂笑：你又在放飞自我！这一句我要黑体加粗！本次访谈的萌点担当！

斯基：这一句是我私下送给你的，毕竟我们是在同一页的作者，哈哈！

考拉拿出小本本：我把准备的包袱抖得差不多了，虽然中途一度烧脑到死机。

斯基：是“尬”到死机嘛，原谅我。

考拉：访谈就像DOTA见面互相甩技能，蓝多真的可以为所欲为。那会儿我肯定是没蓝了。你以后还是会继续保持好奇，观察时代和个体吗？

斯基：对呀。我正在认识世界。

访谈时我在坐火车。元旦将至，火车很拥挤，后座的姑娘们在讲粤语，对面的女人抱着娃娃睡着了，靠窗的大叔吸溜泡面，长满皱纹的脸上充满吃饱喝足的幸福——人们带着各自的故事与悲欢，从一个地方到另一个地方，寻找2018。

我感到很高兴。司机总是在观察别人，很少提及自己。就像1900，船来船去，很热闹，但每次都是陌生的人。讲故事的人不会出现在故事里，当司机怀着好奇心注视别人的时候，更多人对大望路女司机充满好奇。成为这双眼睛我很高兴。

这个世界有时那么可爱，有时又令人心碎。一棵树在沐浴阳光和雨水的同时，另一半身体却埋在潮湿阴暗的地底。丛林越是广阔，不同种类的树木就越多。它和你长出的叶子不一样，果实的味道也稀奇，然而那有什么关系呢？它的树枝上也许还停留着鸟儿的巢。

不要把它挤进丛林深处，不要剥夺它的太阳。

最后以司机的一句话做结，祝福她在认识世界的路上遇到的都是绿灯——

我们都插手不了别人的人生，我们能做的，只有善良。

图书在版编目（CIP）数据

女司机故事集 / 大望路女司机著. -- 南京 : 江苏凤凰文艺出版社, 2019.7
ISBN 978-7-5594-3757-0

Ⅰ. ①女… Ⅱ. ①大… Ⅲ. ①故事 – 作品集 – 中国 – 当代 Ⅳ. ①I247.81

中国版本图书馆CIP数据核字(2019)第099054号

女司机故事集

大望路女司机 著

选题策划　中图网 · 七楼书店
出 品 人　黄　平　杨宏宇
特约监制　郭凤岭
责任编辑　白　涵　刘洲原
特约编辑　聂福荣　娟　青
责任印制　杨宏宇
出版发行　江苏凤凰文艺出版社
　　　　　南京市中央路165号，邮编：210009
网　　址　http://www.jswenyi.com
印　　刷　天津丰富彩艺印刷有限公司
开　　本　880 × 1230毫米 1/32
印　　张　9
字　　数　180千字
版　　次　2019年7月第1版　2019年7月第1次印刷
书　　号　ISBN 978 - 7 - 5594 - 3757 - 0
定　　价　59.80元